大丈夫！すくすくのびたよ自閉っ子

竹島尚子

花風社

大丈夫！ すくすくのびたよ自閉っ子　目次

はじめに

「先生、桃子はひょっとすると自閉症なんですかねえ?」

「はっきり申し上げますが、桃ちゃんを見ていて気になる点が幾つかございます。例えば、もう保育園に通い始めてから一年二か月もたつのに、お友だちと遊んでいる様子がありません。また、ブロックを持っても何か形を作ろうとはせず、二つのブロックをただカチカチあわせているだけです。一歳半健診のときに、何か言われませんでしたか？」

保育園の個人面談で担任の先生にこう言われたとき、私は全身の血が逆流するような衝撃を受けた。桃子が二歳八か月のときのことだ。

「先生、桃子はひょっとすると自閉症なんですかねえ？　私、以前養護学校で働いたことがあるのでそう思うんですが」

先生に否定してほしくて、そんな質問をしてみた。先生が断言を避けながら、遠回しに専門機関の紹介をされたのが、余計にショックだった。

そんなはずはない。私が接したことのある自閉症の子は、桃子よりもっと視線があわなかった。それに桃子はよくおしゃべりしているではないか。……いや、やはり自閉症か。保育園の集合写真を見ると、桃子だけよそを向いている。よくしゃべっていると言っても独り言が多く、会話にならないことが多いではないか。夜布団に入ってから、「お名前を呼びます。かみなりたいき君！」などと出席をとるのもおかしい。

……一日中、気持ちがあっちにいったりこっちにいったり、精神的に苦しい日々が続いた。

私は今まで築いてきた幸せが、ガラガラと音をたてて崩れていくのを感じた。これまで十年続けてきた仕事は、失敗と挫折を繰り返し、やっと軌道に乗ったところであった。一か月後に二人目の子どもを出産予定で今から産休育休に入るが、一年未満で仕事復帰する予定も立てていた。しかし、このまま辞めてしまうことになるのだろうか。

いや、仕事のことなんかより、将来はどうなるのか。桃子の祖父母（つまり私たち夫婦の親）が死に、多分夫も私より先に死ぬだろう。そうすると、私はたった一人で桃子の世話をしていかなければならない。私が死んだ後はどうなるのか。今お腹にいるこの子に、姉の面倒を頼むのか。そういう運命を背負って今から産まれてくるなんて、あんまりにもかわいそうだ。それよりこんなふうに悩んで、お腹に影響はないのか。次の子も自閉症だったらどうしよう。

保育園に行ってもスーパーに行っても、私は他の子どもたちが気になって仕方がなくなった。元々子どもはあまり好きではなかったのでそういうことは今までしたことがなかったのだが、無理をして笑顔を作り、片端から子どもに話しかけた。目の前にいるこの子は何歳何か月なのか。桃子とどこが違うのか。

気分転換にテレビをつけても、サザエさんのタラちゃんを見て、「タラちゃんは桃子と同じ年なのに。タラちゃんはきちんと会話ができているなあ……」と絶望的な気分になる始末だった。

新聞を読んでも雑誌を読んでも、自閉症に関する項目ばかりが目に入ってきた。バスのハイジャックをした少年も、家族が寝ている家に火をつけた少年も、自閉症やその周辺の発達障がいと書かれていた。桃子が犯罪を犯すようになったらどうしよう。

不安になり桃子を見ると、彼女は壁に貼られたアルファベットを、「A apple」と指さしながら読んでいた。そして私を見て笑い、もう一度、「A apple」と言った。褒められると思っているのだ！

その姿を見た瞬間が一番悲しかった。日本語の言葉も遅れているのに、この子は律儀に英語を覚えている。私が何気なくポスターを壁に貼ったばっかりに……。

「保育園の先生との面談後の行動が速かったですねえ。すぐ病院に行き、療育機関を決めてきたから、桃ちゃんは早期療育の好スタートを切れたんですよ」

よく言われる言葉である。すぐ病院などに行ったのは、そんな立派な理由ではない。誰かが言ってくれないかと思っただけだ。

「いや、桃子ちゃんは自閉症ではありませんよ。お母さん心配しすぎですよアハハ」と。

病院で、支援センター（障がいのある子どもの療育などをしているところ）で、市役所のこども課で、養護学校の教育相談課で、私は桃子の症状（自閉症ではないかと思われる点）を例を挙げながら説明した。

「いつも台詞のように同じ言葉を話すことが多いです。例えば、祖父の車に乗ったときは必ず、『おじいちゃん運転。安全運転お願いします』と言うのです。言葉に抑揚が少なく、一本調子です。家具を移動すると嫌がり元の位置に戻そうとするのは、『同一性の保持』なのでしょうか。靴は必ず右から履きます。これは、『こだわり』なのでしょうか。教えてもいないのに『山口』や『下関』などの漢字を幾つか読むことができます。一方で毎日教わっているのに、ボタンを自分でかけることができません。このアンバランスは、何なのでしょうか」

結果として、私がすぐ行動を起こしたのはよかった。家であれこれ悩むより、誰かに相談したほうが精神的に落ち着いた。いい意味であきらめもついた。そして三歳になり、医師から「高機能広汎性発達障害（高機能自閉症）。知的な遅れなし。現在のＩＱ81。やや多動ぎみ」と診断されたときは、落ち着いて受け入れることができたのである。

何もしなくても自然とできるようになるだろうと思っていたことが、もしかすると私がしっかり教えてやらないとこのままできなくなるかもしれない。

そう思って、「衣服の着脱」、「トイレ」、「クラス替えという環境の変化への対応」などの場面で、いろいろなしかけを作ってチャレンジしてみた。

今から書くのはその記録である。桃子でうまくいったからといって、他の自閉症のお子さんに効果があるとは限らない。しかし、何かのヒントにはなるかもしれない。

また、この本品は現在自閉症とは全く接点のない方にこそ読んでいただきたい。一人でも多くの人に知ってもらいたい。こんな子どもがいるということを。そして桃子のような子どもたちが、小中学校の普通学級に約六パーセント在籍していると言われている事実を（作品中、一部仮名にしたところがある）。

ちょっと遅れてたけど……
ことばが出てきた！
〈二歳十一か月～五歳0か月〉

保育園の先生との悪夢の面談から一週間後、参観日があった。同じクラスの子どもたちが、「おばさん、今日来たの。ゆかちゃんのママ、昨日来た」などと達者にしゃべるのを聞いて、私は絶望的な気持ちになった。桃子はまだ、「お水ジャージャー」と言うレベルなのに……。

私には、黒木奈奈子という従姉がいる。彼女は大阪で、臨床心理士としていわゆる桃子のようなタイプの子どもたちと接する仕事に就いている。桃子が自閉症とわかってからは、専門的な立場から、様々なアドバイスをしてくれている。桃子が二歳十一か月のころ、奈奈姉はこんなことを言った。

「桃ちゃんは、言葉が遅いと心配しているみたいだけど、語彙自体は多いんじゃないかな。ジャガイモや人参やタマネギやお肉、ルーまでそろっているのだけど、カレーライスが作れていないだけだと思うよ。一方的にしゃべるんじゃなくて、もう少し会話ができるようになるといいね。会話っていうのは、キャッチボールみたいなものだよ。桃ちゃんが返しやすい玉を投げてやるようにしたらどうかな。例えば、『給食何食べた？』って聞くんじゃなくて、『給食はパンだった？　ご飯だった？　どっち？』のように二択にしてあげるとか……」

その日から、会話のキャッチボールの練習を始めた。最初は、私が一生懸命投げた玉を桃子がなかなか返してくれなかったが、最近はかなり会話が続くようになっている。どう変化してきたか、読んでいただきたい。

作戦1 今現在の状況を説明してみよう〈二歳十一か月〉

@平成十七年九月六日の記録

しりもちをついた。
私「桃、大丈夫？　どこをうったの？　頭？　おしり？」
桃子「おしり痛かった？　ちんちん痛かった？」
＊「おしり」と「ちんちん」が痛いのは伝わってくる。「痛かった？」と「？」がついてくるのが、この時期の特徴。桃子は私の言葉の真似をしているのだ。

@平成十七年九月九日の記録

支援センターに行くとき、私が先週道をまちがえてトンネルを通らなかったのを思い出したのだろう、トンネルを見ると、
桃子「トンネルー。あー、ママうっかりしとった！　ごめーん！」

＊過去のことを言えてはいるが、ほとんどが私の言葉のおうむがえしである。
また、このころは「ただいま」と言うべきときによく、「おかえり」と言っていた。

作戦2 少し前の出来事について話してみよう〈三歳0か月〉

@平成十七年九月十一日　桃子三歳の誕生日の記録

家族で温泉に行く。入浴後の会話。
私「桃ちゃん、今どこに行って来たの？」
桃子「お風呂」
私「お風呂には、誰と一緒に入ったの？」
桃子「ママと」
私「どんなお風呂があったの？」
桃子「ブクブクお風呂。（泡風呂のことか？）お外お風呂（露天風呂のことか？）」
＊「どんな」という質問に答えたのは、これが初めて。

@平成十七年九月十五日の記録

保育園で頬に青あざを作って帰ってきた。
私「桃ちゃん、ここ（頬）どうしたの？」
桃子「痛かった？」
私「どうして痛かったの？」
桃子「うったの？」
私「どこでうったの？ お外？ それとも桜組のお部屋？」
桃子「桜組のお部屋」
＊質問に答えてはいるが、まだ「痛かったよ」にならず、「痛かった？」と「？」が語尾についている。

@平成十七年十月七日の記録

支援センターから帰る車の中での会話。
桃子「今日何した？ 体操。ぶつかった」
私「本当だ。体操したとき、お友達にぶつかったねえ。ぶつかった後、桃ちゃんどうなったの？」

桃子「しくしく泣いた」
私「ああ、泣きよったねえ。その後どうなったの?」
桃子「先生」
私「そうやったねえ。先生が来てくださったねえ。先生にどうしてもらったの?」
桃子「だっこ」
＊桃子のほうから私に話しかけている点がポイント。

作戦3 難しいときはヒントを頼りに答えてみよう〈三歳一か月〉

@平成十七年十月十三日の記録

私「桃ちゃん、今日はどこに行ったの?」
桃子「学校（養護学校のこと）と保育園」
私「学校には誰先生がいらっしゃったの?」
桃子「石田先生」
私「石田先生と何して遊んだ?（桃子が黙っているのでヒント）動物見たんじゃない?象と?」

桃子「あざらしと、ろばと、さると、ごりらと、らくだと、ねこと、わにと、桃ちゃん」
＊ヒントを出してやると、答えることが多くなってきた。桃子がどんな活動をしたのか、養護学校や、支援センター、保育園の先生方があらかじめ私に教えてくださるのでありがたい。

@平成十七年十月二十六日の記録
保育園からどんぐりを持って帰宅。
私「桃ちゃん、これ（どんぐり）どうしたの？」
桃子「おみやげでーす！　小月公園の」
私「小月公園でどうしたの？」
桃子「拾った？」
私「誰と手をつないで行ったの？」
桃子「ゆりなちゃん」
＊「拾った？」のように、まだ多少「？」もあるが、全体的にはかなり「？」は減ってきた。

@平成十七年十月二十七日の記録

夕食時。桃子が立とうとする。

桃子「ごちそうさまでした」

私「桃ちゃん、まだご飯あるじゃない？　食べたら？」

桃子「食べん」

私「ご飯食べたらー、その後ー、ケーキがあるよ。ケーキ、いらんの？」

桃子「ケーキ、いる？」

ご飯を食べだす。全部食べ終わると早速、

桃子「約束通り、ママ、ケーキください」

私「お汁も飲んだら？　桃ちゃんがお汁飲んでる間に、ママ、ケーキ持ってくるから」

桃子、汁を見るが、

桃子「いらん」

私「なんで？　桃ちゃんの好きな大根よ」

桃子「きのこ嫌だ」（大根ときのこのみそ汁だった）

＊ずいぶん会話らしくなってきた。ケーキの効果は絶大。

@平成十七年十一月六日の記録

夫が出かけようとすると、

桃子「トイレのバイバイする」

トイレから見送りたいらしい。トイレにかけていった桃子。その後、トイレからガシャーンという音が。

私「(遠くから) 桃ちゃーん！ どうしたのー？」

桃子「落ちた？」

私「何が落ちたの？」

桃子「時計の落ちた」

＊「時計の落ちた」ではなく、「時計が落ちた」と言うべきところ。このように、助詞のまちがいは多いが、一応状況の説明はできるようになってきた。

作戦4 なるべく長くおしゃべりしよう〈三歳二か月〉

@平成十七年十一月十三日の記録

私「今日、どこに行った？」

桃子「お祭り」
私「お祭りで何見た？」
桃子「マジレンジャー」
私「マジレンジャー、何色じゃった？」
桃子「赤と青と黄色と緑とピンクと茶色と紫。（茶と紫は悪者の色）トウッ！　シャー！
みんなー！　こんにちわー！　オースッ！　みどりいろ亀さん」
私「亀、ほしかったの？　ほしくなかったの？」
桃子「ほしくなかった」
私「亀、ほしくなかったの？　ほしかったの？」
桃子「ほしかった」
私「？　亀、いる？　いらん？」
桃子「いらん」
私「亀、いらん？　いる？」
桃子「いらん！」
＊亀の会話について。「ほしかったの？　ほしくなかったの？」と聞かれると、「ほしく
なかった」。しかし、「ほしくなかったの？　ほしかったの？」と質問が逆になると、「ほ

しかった」。

ほしい、という言葉の意味がまだよく理解できていないらしく、質問の後の言葉のおうむがえしになってしまっている。ちなみに、水槽の中にウヨウヨいるたくさんのミドリガメを見て、桃子はパニックを起こし、「イヤー！」と言って暴れた。「いらん！」にちがいない。

作戦5 数字を会話の中に入れてみよう〈三歳三か月〉

@平成十八年一月三日の記録
桃子「三個行った。一、電車。二、電気屋さん。三、電車」
＊このころ、行った先を順番通りに言うのに凝っていた。次の記録も同じようなものである。

@平成十八年一月八日の記録
桃子「一、電車。二、温泉。三、ご飯。四、ご飯」
＊前日の出来事らしい。多分、三のご飯とは夕食、四は朝食だろう。

作戦6　行きたいところ、食べたいものを言ってみよう〈三歳四か月〉

私「桃ちゃん、今日はお休みです。どこか、行きたいところ、ある？」
桃子「……」
私「例えば、レッドキャベツとかゆめタウンとか」（編注　ゆめタウンは大型ショッピングモール）
桃子「ゆめタウン行く！　アンパンマン見る！」
私「残念！　この前行ったときはおったけど、今日はアンパンマンショーないんよ」
桃子「今日は、アンパンマンはない。キティちゃんと子ども広場だけ（子どもたちの遊ぶ広場にキティちゃんがいる）」
私「ゆめタウンの他に行きたいところはある？」
桃子「一、ゆめタウン。二、ジョイフル。三、トライアル。四、カラオケ」
桃子の希望通り、ジョイフル（編注　ファミリーレストラン）に向かう車中で。
私「桃ちゃん、ジョイフルで何食べたい？」

桃子「ハンバーグ。じゃがいも。……フラ……？」
私「フライドポテトのこと？」
桃子「フライポテト」
＊自分の要求が受け入れられると嬉しいらしい。

作戦7　困ったときは、パニックを起こさず口で説明をしてみよう〈三歳五か月〉

@平成十八年二月十五日の記録

夕食時、汁をひっくり返す。
桃子「ぬれた」
私「パンツもぬれた？」
桃子「ぬれとらん。ここ（上着）ぬれた」
私「後で着替えたらええよ。着替え出してあげるけえね」
桃子「黄色いパジャマ」
私「残念！　黄色いパジャマは洗濯中。マイメロディかアンパンマンのシャツならあるけど」

桃子「アンパンマンがええ」

＊以前は、「ヒーッ！」とか「イーッ！」とか言うことも多かったが、自分である程度説明できるようになってからは、パニックも減ったように思う。

@平成十八年二月二十七日の記録

桃子「ママ、お帳面読んでる」

私「そうだよ。桃ちゃん、お帳面に書いてあるんだけど、今日お友だちをたたいた？」

桃子「たたいた」

私「誰をたたいたの？」

桃子「……」

私「たいきくん？　さくらちゃん？」

桃子「ふじいはるみちゃん。（翌日先生に確認したところ、桃子がたたいたのは、はるみちゃんではなかった）」

私「いつたたいた？」

桃子「いつたたいた（おうむがえし）」

私「いつたたいた？　お外で遊んでるとき？　それとも給食のとき？」
桃子「給食のとき」
私「人をたたいてはいけません。なんでたたいたらいけんのと思う？　楽しいから？　痛いから？」
桃子「痛いから」
私「もう？」
桃子「もう、たたきません」
＊終始、反省の色なし……。

@平成十八年三月六日の記録

私「明日は遠足です。お弁当を作ってあげるけえね。何入れようか。卵焼き？」
桃子「四角い卵焼き」
私「ええよ。卵焼きね。他は？　何入れてほしい？　唐揚げ？　ハンバーグ？」
桃子「ハンバーグがええ。ケチャップン（ケチャップのこと）」
私「ええよ。ケチャップぬってあげるよ。おにぎりも作ってあげるけえね」
桃子「わかめふってあげる」

私「わかめもふってあげるよ。遠足、楽しみやねえ」
桃子「ウヒョー！（喜ぶ）」
＊「わかめふってちょうだい」にならず、「ふってあげる」になっているのは惜しいが、お弁当のイメージが桃子の中にあるのはよく伝わってくる。

作戦8 メニューを見て注文してみよう〈三歳六か月〉

@平成十八年三月二十一日の記録

ジョイフルにて。
店員「お子様ジョイセットですね。ハンバーグと唐揚げ、ソーセージの中からお選びいただけますが」
私「桃ちゃん、どれがええ？」
桃子「（メニューを見ながら）ハンバーグがええ」
店員「お飲物は何になさいますか？　オレンジジュース、ミルク、スープの中からお選びいただけますが」
桃子「……」

私「桃ちゃん、牛乳がええ？　ジュースがええ？」
桃子「牛乳がええ」
店員「おもちゃは何色になさいますか」
桃子「(メニューを見ながら) ピンクがええ」
＊桃子が「ハンバーグ」、「ミルク」、「ピンクのおもちゃ」を選ぶであろうことは、始めから察しがついていた。しかし、敢えて自分で言わせたのだ。このような練習をするのには、ジョイフルなどのファミリーレストランが最適である。メニューがカラーで何を食べるのかイメージがわきやすく、だいたいどこの店に行っても店舗の作り、店員の応対などが同じだからだ。また多少騒いでも目をつぶってくれる雰囲気もあるし、頼んだ料理もすぐ出てくるから待っている間に機嫌が悪くなることも少ない（家族四人で行っても、二千円も出せばお釣りがくる値段の安さも魅力である！）。

@平成十八年三月二十四日の記録
私「明日からはお休みです。寝て、寝て、温泉に行こうね」
桃子「寝て寝て寝て寝て、温泉」
私「いや、そんなに寝んでも、寝て、寝て、温泉。二回寝たら温泉。ママとパパと藍ちゃんとおじいちゃんとおばあちゃんと一緒に行こうね」
桃子「おじいちゃんの車で行くん」
私「いや、おじいちゃんの車では行かんよ。汽車で行くんよ」
桃子「♪　汽車汽車しゅっぽしゅっぽ～♪」
＊桃子は、旅行好きである。非日常なのだから苦手なのかとも思うが、乗り物などに乗るのが楽しいらしい。これからもお金の続く限りいろいろなところに連れていって、たくさん体験をさせてやりたい。
旅行に行くときは、我が家は大抵公共の交通機関で行く。車がボロであまり走らないのもあるが、なるべく桃子を電車やバスなどに乗せ、慣れさせておきたいと考えているからだ。いつの日か、桃子が一人で電車に乗ることができるようになればいいなと思う。自動車の運転免許を取得するのは難しいだろうから……。

作戦9　絵本が理解できているかな？　テストしてみよう〈三歳七か月〉

＠平成十八年四月十三日の記録

私「桃ちゃん、『ぶたぶたくんのおかいもの』の本の中で、ぶたぶたくんは三か所お買い物に行ったね。どことどことどこに行った？　一番先に？」
桃子「パン屋さんとやおやさんとお菓子屋さん」
私「パン屋さんでは、何を買ったの？」
桃子「パン。『ぱんやのおじさんは、にこにこおじさん。（絵本を記憶している）』」
私「桃ちゃん、ママのお話聞いて。じゃあ、やおやさんでは何を買ったの？」
桃子「やおやのおねえさん。ムラムラしとった。クスクス（笑う）」
私「もう一回聞くね。やおやさんでは何を買ったの？」
桃子「じゃがいもとトマト。次、お菓子屋さん」
私「お菓子屋さんでは何を買ったの？」
桃子「キャラメル」
私「ぶたぶたくんとかあこちゃんが出てきて、その後最後に誰が出てきたの？」
桃子「こぐまくん」
＊時々脱線しそうになるが、内容把握はできているようである。

@平成十八年四月二十三日の記録

「ちびくろさんぼ」を読んだ後、私が質問。

私「『ちびくろさんぼ』の中には、誰が出てきた?」
桃子「とらたち。傘、さしとった」
私「他には? 誰が出てきた?」
桃子「おとうさんの名前は、じゃんぼ! おかあさんの名前は、(ニヤリとして)たこやきまんぼ!(さんぼの母親の名は、『まんぼ』である。『たこやきまんぼ』は桃子の好きな歌)」
私「とらたちは、ぐるぐるまわって何になっちゃったの? バター? ジャム?」
桃子「バター」
私「バターを使って、おかあさんのまんぼは、何を作ったん?」
桃子「ホットケーキ」
私「ホットケーキを一番たくさん食べたのは? まんぼ? じゃんぼ? さんぼ?」
桃子「……」
*最後の質問はさすがに難しかったらしい。

@平成十八年五月九日の記録

私「桃ちゃん、カステラ食べる?」

桃子「食べる！（喜んで台所に飛んできて）桃ちゃん、自分で持ってもええ」
私「自分で運べる？　じゃあ、カステラを落とさんようにお皿持ってね」
桃子、大事そうに皿を机まで運び、
桃子「いたーだきます！」
私「待って！　ママも一緒に食べるけえ、待っちょって！」
桃子「みんなそろったら食べましょう」
私「そうそう」
私が自分のカステラを持ち、机へ向かうと、あわててカステラを皿に戻す桃子の姿が。
私「あー？　桃ちゃんのカステラ、かじった跡がある！　ママを待たんで食べちょう！
桃、先に食べたやろう」
桃子「（ニヤリ）食べた。（カステラを見て）紙がある」
私「紙？　いや、このカステラには紙はないよ」
桃子「保育園だけある」
私「あ、保育園で出るカステラには紙がついちょるんだ！」
桃子「紙がついちょる」
私「桃ちゃん、カステラどうですか？」

桃子「楽しかった」

私「カステラのときは、『楽しかった』とは言わんのよ。もう一回聞いてみよう。桃ちゃん、カステラどうですか？　おいしいですか？　おいしくないですか？」

桃子「おいしいですよお」

＊「今日、保育園どうやった？」と聞くと、いつも「楽しかった」と言う。だから、「カステラどうですか？」の質問にも、「楽しかった」と答えたのだろう。「どうですか？」という質問の答えは、多種多様だ。

作戦10 日常会話を楽しもう〈三歳八か月〉

＠平成十八年五月二十三日の記録

私「今、パパから電話があったよ。今日も遅くなるって」

桃子「パパ、ナフコ」

私「ナフコじゃあないみたい」

桃子「ホームワイド」

私「ホームワイドでもないらしいよ」

桃子「電気屋さん。風船もらってくる」
＊父親の好きな店をよく覚えている。日常会話のキャッチボールが、かなりできるようになってきた。（編注　ナフコもホームワイドもホームセンター）

作戦11 パターン化していないおしゃべりを楽しもう〈三歳九か月〉

@平成十八年七月三日の記録

支援センターからの帰りの車中で。桃子はおやつのパンを食べている。
私「桃ちゃん、パンどうですか？」
桃子「おいしい」
私「今日、支援センターはどうでしたか？」
桃子「あのねえ、うれしかった」
私「今日は、何して遊んだ？」
桃子「ミュージックセラピー遊び。えーとねー、タンバリンとー、きらきら星した。あ、むっくりくまさん忘れちょる！」
＊作戦９からもわかるように、「どうですか？」という質問には、「楽しかった」と答え

るパターンができあがっていた。しかし、三歳九か月を過ぎてからは、いろいろな答え方ができるようになった。答え方のパターンが増えただけかもしれないが。それでも進歩にはちがいない。また、「あのねえ」や「えーとねー」などの言葉が増え、ますます会話らしくなってきた。

作戦12 お父さんともおしゃべりを楽しもう〈三歳十か月〉

@平成十八年八月一日の記録

夫「今日はパパと保育園に行こうね」
桃子「ママは病院」
夫「……かもしれん。さ、車に乗って」
桃子「前の車は、パパの車。後ろの車は、ママの車（我が家の車庫は二台縦列駐車である）」
夫「そうそう。……あ！　桃の鞄、忘れちょった！」
桃子「前にある」
夫「（助手席に鞄を発見）本当じゃー、桃、よう見ちょるのう！」

桃子「ウフフフ」

作戦13 電話でお話してみよう〈三歳十一か月〉

@平成十八年八月二十三日の記録

祖母から電話がかかってきた。
祖母「もしもしー、桃ちゃんですかー？」
桃子「はい。はい」
祖母「桃ちゃん、今日は保育園行った？」
桃子「行ったのよ」
祖母「保育園で何した？　プール？　水遊び？」
桃子「水遊び」
祖母「藍ちゃんは？　今何しちょうの？」
桃子「あのねー、寝ちょう」
祖母「ママは？」
桃子「台所でーす！」

祖母「パパは？」
桃子「あのねー、ナフコ行っちょう」
もともと桃子は電話が苦手で、なかなか話が続かなかった。だが、このころになるとずいぶん長く会話ができるようになっている。ちなみに、桃子の話はだいたい事実であるが、夫は仕事から帰ってきていないだけで、ナフコ（夫がよく行く店）には行っていない。

作戦14 「桃ちゃん」ではなくて「ワタシ」と言ってみよう〈四歳0か月〉

@平成十八年九月二十二日の記録

なぜかボールに向かって話しかける。
桃子「ちょっとボールちゃん、待っててね。ワタシ、お片づけしてくるから」
一人称「ワタシ」と言ったのは、これが初めて。

作戦15 おもしろい答え方をしてみよう〈四歳一か月〉

@平成十八年十一月九日の記録

私「あれ？　桃、もうそのスカート短いんじゃない？」
桃子「短くないよ。へっちゃらだよ」

作戦16 「どうですか？」に答える練習をしてみよう〈四歳二か月〉

@平成十八年十一月十九日の記録

桃子「ママ、背中掻いて」
私「ええよ。ここ？」
桃子「上。上から（上から掻いて、という意味）」
私「桃ちゃん、どう？」
桃子「どう（おうむがえし）」
私「桃ちゃん、背中掻いてもらってどうですか？」

桃子「気持ちいい」
＊この時期になると、おうむがえしをほとんど言わなくなった。この事例は珍しい。

作戦17 自分の欲求をより具体的に言ってみよう〈四歳三か月〉

@平成十八年十二月三十日の記録

朝食時の会話。
桃子「このパン、ジャムがどこに入っちょう？」
私「ジャム？ ジャムは、このパンの中には入っちょらんよ」
桃子「ジャムぬってあげる」
私「ジャム、ぬってほしいの？」
桃子「ほしいのよ」
ジャムをぬってもらったが、不満らしい。
桃子「もっといっぱいぬって！ ママ！」
＊「ジャムぬってちょうだい」にならず、「ジャムぬってあげる」となっているのが惜しい。

作戦18 現行犯でないときは、ごまかして（？）みよう〈四歳三か月〉

＠平成十九年一月三日の記録

妹の泣き声がするので、私が駆けつけた。見ると桃子の作りかけのパズルがバラバラになっており、そのピースの中で妹が泣き叫んでいる。たぶん桃子のパズルに妹が手を出し、その結果、桃子につきとばされたのだろう。

私「桃ちゃん、どうしたの？　なんで、藍ちゃん泣いちょるの？」

桃子「（ニヤリとして）桃ちゃん、わからん」

＊自分がつきとばしたと正直に言えば、私にしかられるのがわかっていたのだろう。

作戦19 妹とおしゃべりしてみよう〈四歳四か月〉

妹が一歳六か月を過ぎたころから、二人でなにやら怪しい会話をするようになった。

例えば、

@平成十九年二月五日の記録

桃子「たけしまあいこちゃん！」

妹「ハイ！」

桃子「あいちゃん、泣いてください」

妹「エーン（嘘泣き）」

桃子「あいちゃん、ごめんなさい」

妹「イーヨ」

桃子「あいちゃん、メルちゃん貸して」

妹「イヤダ」

桃子「後で貸してね」

妹「イーヨ」

桃子「あいちゃんと一緒に『ハーイ！』って言うよ。せーの！」

二人「ハーイ！」

＊妹から発展して、同年齢のお友達とも自然におしゃべりしてくれるようになるといいなと強く願う。

作戦20 「お父さん」「お母さん」と言ってみよう〈四歳五か月〉

@平成十九年二月十三日の記録

桃子「お父さん、お母さん、新聞どうぞ」

＊「パパ」「ママ」と言っていた桃子が、「お父さん」「お母さん」と言い出した。何か心境の変化があったのだろうか。

作戦21 英語教室の説明をしてみよう。その①〈四歳七か月〉

@平成十九年四月十二日の記録

私「桃ちゃん、今日、英語教室あった?」

桃子「あった」

私「先生は、男の先生? 女の先生?」

桃子「女の先生」
私「女の先生の名前は？」
桃子「えーと、……わかりません」
私「桃、何か英語でお話したん？」
桃子「うん。『マイネームイズ　モモ！』ちょっとはずかしかったけど」
私「上手に言えたねえ。だけど、桃ちゃんの名前は『桃子』なんやけえ、『マイネームイズ　モモコ！』なんやないん？」
桃子「駄目よ。英語の時はー、『マイネームイズ　モモ！』って言ったらいいんだ」
私「英語の時は、『モモ』なんやねえ。ふーん。……竹組と松組、一緒に英語教室するん？」
桃子「せん。竹が終わったら松」
私「そうなん。英語教室の先生、今度いつ来るって言いよっちゃった？」
桃子「わかりません。また、今度ね！　グッバーイ！」
＊梅組から竹組に進級した桃子。竹組からは英語教室があるということで、朝から張り切って出かけた。帰宅後の会話。英語の時は、なぜか「モモコ」ではなく、「モモ」になるという桃子。奇妙なこだわりの始まりか？　また、「わかりません」もよく使うよ

うになった。便利な言葉だとわかったのだろう。

作戦22 言いたいことがわかればＯＫ！〈四歳七か月〉

＠平成十九年四月十一日の記録

桃子「お母さん、桃ちゃんにジャムをお願いして」

私「『お母さん、私にジャムをちょうだい』っていうこと？」

桃子「お母さん、私にジャムをちょうだい」

＠平成十九年四月十二日の記録

桃子「私は、梅組じゃあ違う。竹組」

＠平成十九年四月二十六日の記録

朝、保育園の玄関にて。

桃子「お母さん、いってらっしゃい」

私「桃ちゃん、『いってらっしゃい』はお母さんの台詞よ。桃ちゃんは、『いってきます』って言うんよ」
桃子「お母さん、いってきます」
＊三つとも、奇妙な言い回しの例。時々、このような特殊な言葉づかいをすることがある。しかし、言いたいことがわかればいいのではないか。テレビに出ている外国人タレント並には、おしゃべりができている気がするぞ。

作戦23 英語教室の説明をしてみよう。その② 〈四歳八か月〉

@平成十九年五月十七日の記録

桃子「今日、英語教室があったんだー！」
私「そうなん。よかったねー」
桃子「『レインボー』歌った。♪○△□＊（習った歌らしい）♪ サンデーマンデー、ハローハロー ハローもあった。英語、いっぱいしたんだよ。藍ちゃん、藍ちゃん、『ハウアーユー』って私が言ったらー、『アイムファイン』って言ってごらん」
妹「わいん」

作戦24 なぜ、二階に行きたくないのか説明してみよう〈四歳十か月〉

@平成十九年八月六日の記録

桃子「私の毛布がないです」

私「今日、天気がよかったから、二階に干したんよ」

桃子「お母さん、毛布取ってきて。私、カブト虫、嫌だから」

＊二階の夫の仕事部屋には、カブト虫がいる。桃子は、それが嫌らしく、二階には絶対上がっていかない。ちなみに、保育園で飼われているカブト虫は平気らしい。なぜだ？

作戦25 コンサートの感想を言ってみよう〈五歳0か月〉

@平成十九年九月二十九日の記録

私「桃ちゃん、藍ちゃん、『おかあさんといっしょファミリーコンサート』は、いかがでしたか？」

桃子「いかがでした（おうむがえし）」

妹「楽しかった」
私「コンサートは、どうでしたか？」
桃子「楽しかった。ゆうぞう探偵が、『しょうこ君』って言いよった。なんで（しょうこお姉さんは）女なのに、『しょうこ君』って言うの？」
＊「いかがでしたか？」という問いには、おうむがえしでしか答えられない桃子。一方、二歳三か月の妹は、「楽しかった」と答えることができている。

このように、桃子はかなりおしゃべりが上手になってきている。日常会話で困ることはほとんどない。本当に成長したなあと思う。

コラム

最初の記録

私は毎日、桃子の言葉と行動などの記録をとっている。最初の記録は、桃子が二歳十一か月のときのものである。

@平成十七年八月十三日の記録
二階から降りてきた桃子に、
私「桃ちゃん、どこに行ってたの？」
桃子「お二階（二階のこと）」

これだけである。それまでも目の前にあるもの、例えば犬と猫の絵を見せて、「犬はどっち？」などと尋ねれば、犬を指すことはできていた。

しかし、過去のこと、例えば、「今日、保育園で何した？」などという質問には全く答えられなかった。

ところが、桃子が二歳十一か月だった八月十三日、初めてちょっと前の出来事について、答えることができたのである。嬉しくて、思わず記録をとった。そういうキラキラした瞬間を忘れたくないから、毎日日記をつけている。

しかし、新学期になる前に新担任の先生に見せるとか、どこかに相談に行くときに持っていく資料にするときとかには、日記は情報が多すぎる。そういうときには、「にじいろ手帳」（チャレンジサポートセンター「にじいろ」発行。定価千円）が便利である。養護学校の先生に紹介されたので使っているのだが、本当に役に立つ。これは、自閉症スペクトラムの人たちやその家族のための手帳で、個人情報や現在の状態、自閉症特性、どのような療育をうけてきたか、など書き込んでいくものである。ぜひお勧めする。

コラム　桃子は詩人？

桃子は時々、とてもおもしろいことを言う。詩人のようなことを言うときもある。例えば、

1（おでんからあがる湯気を見て）「水の流れよる」〈三歳二か月〉

2（パラソーラーを見て）「扇風機みたいある」〈三歳二か月〉

3（スプーンに自分の顔をうつして）「鏡みたいある」〈三歳三か月〉

4「お目目は物を見るところ。ポストには手紙。貯金箱にはお金。お腹は……お腹は……」（私「桃ちゃんのお腹の中、何が入っちょるの？」）「牛乳が入っちょう！」〈三歳五か月〉

5（ストーブの吹き出し口のところに埃がついてゆれているのを見て）「ゴミが踊っちょう！」〈三歳六か月〉

6（祖父母宅で田植え。苗床が並んでいるのを見て）「さわさわ……。草の毛布がある」〈三歳八か月〉

7（くしゃみをした途端、飲んでいた牛乳が口から出た。机の上に点々とついている牛乳を見て）「あ、孔雀になった」〈三歳九か月〉

8（ビニールヨーヨーの中を見ながら）「水が踊っちょう！」〈三歳十か月〉

9（車に乗ってトンネルの中へ。黄色い電気がついているのを見て笑いながら）「アレ、黄色い目が。目がいっぱいついちょう！」〈三歳十一か月〉

10（赤の点滅信号を見て）「ウフフ、グーパーグーパーしちょう」〈四歳0か月〉

11（自分の影を見て）「ウフフ、この桃ちゃんには目がない。鼻もない。口もない。手と足だけある」〈四歳0か月〉

12（スパゲッティをフォークでクルクルまわしながら）「これ、ダンスしちょう」〈四歳一か月〉

13（風呂で。お湯が排水溝に流れていくのを見ながら）「お父さんのお水が、『みんなー、帰るよー！』って言っちょう」〈四歳二か月〉

14（牛乳をストローで飲み、ズピーッと音をたてる）「牛乳がかけっこしちょうのよ」〈四歳三か月〉

15（近所のおばさんに『大きくなったねえ』と言われ、大真面目に）「中くらいに大きくなりました」〈四歳四か月〉

16（乾燥してカチカチになってしまった米粒を見つけて）「痛いご飯があった」〈四歳五か月〉

17（ビデオがデッキにうまく入らないのを見て）「ビデオさん、今お熱がでちょうから、お休み」〈四歳五か月〉

18（コップの中に映った電気を見て）「桃ちゃんの牛乳に電気がおる。ダンスしちょう！」〈四歳七か月〉

19（川の水がチョロチョロと流れているのを見て）「少し元気よ。この水」〈四歳九か月〉

20「台風が来たらー、ゴーッていびきをかくん？」〈四歳十か月〉

21（お客様のハイヒールを勝手に履いて）「子どもでも、ちょっとステキ」〈四歳十か月〉

22（電車に乗って去っていく祖母を見て）「おばあちゃん、流されちょう」〈四歳十

一か月〉
23（「ステージに一人で上がって恥ずかしくなかった？」と聞かれて）「恥ずかしくなかった。足だけ恥ずかしかった」〈五歳0か月〉
24（散髪した妹を見て）「新しい藍ちゃんになった」〈五歳0か月〉
25（折りたたみ椅子を見て）「このお椅子、しょんぼりしちょう」〈五歳一か月〉
26（夕方まだ明るいときに出ている月を見て）「白い月は、まだ起きちょうのです。黄色い月は、もう寝ちょるん」〈五歳一か月〉

これからも、桃子の口から飛び出す言葉の宝石を拾っていきたい。

コラム

「『ペッ！』ごめんなさい」

道を歩いていると、桃子が突然、ペッと唾を吐いた。

私が、「なんで唾を吐くの？　謝りなさい」と叱ると、しばらくじっと黙って考えていた。

そして、「『ペッ！』ごめんなさい」と言った。自分がなぜ叱られたのか、全く理解できていない様子である。自分が吐いた唾に謝っているのだ。

私は苦笑いし、「道に唾を吐いてはいけません。汚いからね」と言い直した。そして、桃子に注意するときは、言い方に気を付けなければいけないなあと思った。このことに限らず、なぜ叱られているのか、わかっていないことも多いのではないだろうか。

桃子が、三歳六か月のときの出来事だ。

一人でできたほうがいいぞ
身辺自立へのスモールステップ

ボタン編〈二歳八か月〜三歳八か月〉

二歳八か月にした発達検査で、「桃ちゃんの手先の器用さは、一歳半くらいです」と言われたときから、私はボタンのことが気になっていた。

幸か不幸か、保育園の制服にはボタンが三つついており、毎日ボタンと向き合わなければならなかった。どうしたらボタンができるようになるのだろう。

作戦1 着ていない服でボタンだけ練習だ！〈二歳八か月〉

裁縫を全くしない私に代わって、祖母がボタンの練習ハンカチを作ってきてくれた。それは、ハンカチに大小様々なボタンがついているというものであった。二枚の布は、ボタンによってくっついているのだ。ボタンを全部外すと、ハンカチは二枚になる。

今着ている自分の服のボタンを外すというのは、なかなか難しいものだ。これなら楽しく練習できるかもしれない。かけることよりまず、外すのをマスターしなければ。

ところが、せっかく祖母が作ってくれたこのハンカチを、桃子は、「フン」と言って捨ててしまった。どうやら気に入らなかったらしい。おばあちゃん、がっかり。

それから三か月ほど、一日一度は機嫌のよいときを見計らって練習ハンカチを持たせてみたが、何の進展もなかった。作戦1は、失敗に終わった。

作戦2 ボタンを見て！〈三歳0か月〉

夫が、「桃子はボタンを全然見てない。『目と手の協応』っていうの？　それができてないんだよね」と言う。たしかに、最後にちょっとひっぱるのだけは桃子にさせているが、その時も全然ボタンを見ていない。

そうか、ボタンを全然見ていないからできないのか。まず、ボタンを見るようにしなければ。どうしたらよいだろうか。

たまたまボタンと同じくらいの大きさのシールがあったので、ボタンの一つに貼ってみた。そしていつも通りやる気のない桃子に、「あ、桃ちゃんのボタンにヒヨコちゃんがついちょる！」と声をかけてみた。

途端に桃子はボタンを見た！　そしてヒヨコに触り、うれしそうに笑った。さらにシールを貼っていないボタンにも触れ、「シール貼ってあげる」と言った（「シール貼ってちょうだい」にならず、「あげる」となるところが、自閉ちゃん）。

うまくひっかかった！　私は釣りをしないが、多分魚がくいついた時の感覚は、このようなものなのだろうと思う。園服にシールを貼る日々が、その日から始まった。シール作戦、効果あり！

作戦3 さあ、「自分で！」やってみよう〈三歳二か月〉

三歳二か月を過ぎたころから、何にでも、「桃ちゃん、自分で（する）！」と言うようになってきた。

ボタンも自分でやろうとする気が出てきており、うまくできずに、「キーッ！」とイライラしている姿も見られた。

そして、ある日、園服のボタンを外すのを私が手伝ってやろうと手を伸ばすと、「自分で！」と言い、三つあるボタンをすべて自分で外すことができた！

本人も大満足で、一つ成功するたびに、「ワッ！」と言ってにっこりしていた。

その翌日の朝、園服のボタンをかけるとき、私が、「桃ちゃん、ボタンかけるの手伝おうか？」と声をかけると、「桃ちゃん、自分でする」とひったくり、私に邪魔されないように（？）部屋の隅に行ってトライしていた。

そして五分後、第一ボタンが成功！　ニヤリと笑い、「自分ではめてえらいよ」と言う桃子。

だが、第二ボタンはうまくいかなかったようで、「ママー！　自分でしてください」。助けてほしいらしい。

第三ボタンは自分ですることができた。桃子は得意になって、「これ（第一ボタンを指差し）桃ちゃん。これ（第二ボタン）ママ。これ（第三ボタン）桃ちゃん」と感想を述べていた。

その後は一日一日かけたり外したりが速くなり、だんだんブラウスのような小さいボタンもできるようになってきた。園服の他、パジャマもわざとボタンのあるものを選び、一日何度も練習できるように工夫した。

作戦4　夏服とともにシール貼りは卒業しよう〈三歳八か月〉

ボタンはできるようになったが、園服のボタンにシールを貼る習慣は、ずっと続いていた。貼っていないと、「シール貼ってあげる（「シールをはってちょうだい」の意）」と言って騒ぐ。シールを貼ることにこだわっているのだ。

六月になり、園服が冬服から夏服に替わった段階で、シール貼りは卒業にしたいと考えた。夏服を着る前日から実物も見せ、カレンダーにも「6がつになったら、なつふく」と書いておいたので抵抗はなかったが、やはりシールは貼りたがった。

そこで大好きな天気予報を見せ、気分をシールからそらせるとうまくいき、その日一日はシールのことを言うことはなかった。保育園にも、シールを卒業させたい件をお願いした。園では文句を言わなかったらしい。

翌日の朝も、「シール！」とぶつぶつ言っていたが、また天気予報を見せ、うまくいった。その日以降、シールを貼らないでも大丈夫になった。ボタンに関しては、完結したと言えるだろう。

服たたみ編〈三歳0か月〜五歳二か月〉

自分のことは自分でできるようになってほしい。桃子が自閉症と診断されてから、私は一貫してこの姿勢を貫いてきた。しかし、桃子は興味のないことにはほとんど食いついてくれない。やらない、と自分でルールを決めたらやらないのだ。

作戦1 ハンカチを一枚だけたたんでみよう〈三歳0か月〉

なかなかやらなかったことの一つに、洋服をたたむこと、がある。療育機関ではなんとかするのに、家では全然やろうとしない。がんばればできないことはないと思うのだが、やる気がない。三歳を過ぎたころから、洗濯物をたたむときには、「ハンカチを一枚だけたたんで。お願い」と頼んできたが、私の要求に応えてくれることは稀であった。

作戦2 しまじろうと一緒に服をたたんでみよう〈五歳二か月〉

親戚から、しまじろうの絵本とビデオ（編注 ベネッセ・こどもちゃれんじ）の中に、「タタミマンでバッチリふくたたみ！」の項目があった。「服をたたむコツを、シャツ君からしまじろうが教えてもらう」というものである。ビデオを見た桃子は、早速同じ内容が書かれている絵本を本棚から持ってきて、ビデオ通り歌い始めた。

「♪やるぞがんばるふくたたみ」

さらに洗濯物の中から自分のシャツを持ってきて、歌いながら上手にたたんだ。続けてズボンを持ってきて、二番の「♪ズボンのタタミマン♪」を歌いながらズボンもたたんだ。

私が二年以上かかって一生懸命やらせようと思ってもできなかったことなのに、ビデオを見ただけで簡単にできるようになるとは……。悔しいが、しまじろうに負けた気がした。

しまじろうからダイレクトメールが来るたびに、つらい思いをした時期もあった。どこから情報を得たのかは知らないが、桃子が誕生した直後からダイレクトメールが来るようになったのだ。それには教材の見本と、親向けの漫画が入っている。その漫画は、だいたい毎回同じで、例えば次のような内容である。

まず、佐藤美香（仮名。二十八歳）と息子の翔（二歳五か月）が登場する。美香は翔のトイレトレーニングが進まないのを悩んでおり、友人の恵子（二十九歳）に相談する。恵子には翔より一つ年上の息子雄太がおり、自分も昨年同じ悩みを持っていたこと、そこでこどもちゃれんじを始めてみたことを話す。「そうしたら雄太、しまじろうの真似をしてトイレに行きたがるようになっちゃって。おかげであっという間にオムツがとれたのよ。ビデオや絵本、おもちゃもついて月々千五百三十三円！　お得よ！」と恵子。その言葉を信じた美香が、こどもちゃれんじに入会すると、翔にうれしい変化が！

……とまあ、こんな感じである。

よせばいいのに私はその漫画を隅々まで読み、「ああ、翔君はこんなにしゃべっている。こんな行動もとっている。桃子とは全然違う。やっぱり桃子は遅れているんだ」と落ち込んでいた。また、障がいを持つ子どもにはこのような教材は効果がない、これは定型発達の子どものための教材だ、と決め付けていた。

しかし、それは違うのではないかという気もしてきた。私が無理に教え込むより、しまじろうが楽しく教えてくれたほうが、桃子の心に響いたのだ。視覚優位なところがあるので、ビデオと絵本で理解しやすい面もあったのだろう。

「自閉症の子どもにはテレビを見せないほうがよい」という意見もあると聞くが、私は反対だ。もちろん、視覚教材がすべてというつもりはないが、ビデオは一日一回だけ、などと約束を決めておけば見せてもよいのではないかと思う。親には親の役割が、しまじろうにはしまじろうの役割があってもよいではないか。

最近では、翌日着る服をきちんとたたんでから、桃子は布団に入るようになった。一度身に付いた生活パターンをなかなか変えないのが自閉症だ。同一性の保持もたまには悪くない。

歯磨き編〈0歳～四歳0か月〉

桃子は、歯ブラシを持つのに抵抗はない。しかし、仕上げ磨きをなかなかさせてくれない。一度夫が無理にしようとしたら、大パニックになってしまった。しかし、私にも長い時間口を大きくは開けてくれない。これでは、歯磨きが不十分である。もし虫歯になって、歯医者さんに行かないといけなくなったらどうしよう。歯科検診でさえあんなに騒ぐのに、想像しただけでゾッとした。なんとかしなくては。

作戦 テレビの登場人物になりきろう〈三歳0か月〉

歯磨きをするとき、桃子がよく、「♪歯磨き上手かな♪」と歌っていることに気がついた。「NHKのおかあさんといっしょ」の「はみがきじょうずかな」というコーナーの歌である。これは使えるかもしれないと思った。

改めてそのコーナーを見てみる。まず①自分の名前、年齢を言い、②歯を磨き、③「♪仕上げはお母さーん（お父さんなどの場合もある）♪」という曲が流れると、「ハーイ！」と母親などが出てきて仕上げ磨きをし、④口をゆすいで、⑤最後はポーズをとって終わり、というものである。

歯磨きの時、私が、「♪歯磨き上手かな♪」と歌い、『竹島桃子です。三歳です』って言わんでええの？」と水をむけてみた。桃子はその気になって、自分の名前と年齢を言ってから、歯磨きを始めた。

しめしめ。そして、私が、「♪仕上げはお母さーん♪」と歌うと、テレビに出ている子どもの真似をして、私の膝の上に頭をのせて口を大きく開いた。私はゆっくり歌う。

「♪グリグリ、シャカシャカ、グリグリ、シャカシャカシャカ♪」

この歌を歌っている間はずっと大きく口を開けているので、この日以降、仕上げ磨きができるようになった。ＮＨＫに感謝である。みんな、受信料を払おう！

四歳になると、歯磨き粉を適当な量出すこともできるようになった。虫歯にならないことを祈るばかりだ。

トイレ編〈二歳八か月～四歳五か月〉

桃子が十歳になってもオムツがとれなかったらどうしよう。トイレには一人で行けたほうがいいぞ、と私は焦った。そして以前養護学校で働いていたとき、自分の意志で寝返りもできない生徒が、トイレで排泄できていたことを思い出した。

あの子はどうやってトイレトレーニングをしたのだろう。きっとトイレで用が足せるようになるまで、親御さんや先生が、それこそ血のにじむような努力をされたにちがいない。さて、桃子の場合はどうしたらいいか。作戦を練らなければ。

作戦1 トイレに入ろう〈二歳八か月〉

まずは、トイレに入るところから始めようと思った。

トイレに桃子の好きな、ぐ～チョコランタン（「ＮＨＫのおかあさんといっしょ」にでてくるキャラクター）のポスターを貼り、保育園から帰ってきた桃子に声をかけてみた。「あ！　アネム（キャラクター名）がおる！　桃ちゃん、見てみたら？」

期待通り、桃子は喜んで着いて来た。今だ！　と補助便座に座らせてみる……ことができない。「座らん座らん！」座りたくないらしい。

強引にズボンとパンツを脱がせて座らせてみた。阿鼻叫喚！　完全に失敗である。これ以上作戦を続行すると、かえってトイレが嫌になるかもしれない。

「ごめんね。アネムの横には誰がおる？」再びポスターに気を向けると少しは落ち着き、鼻息荒く他のキャラクターの名前を一通り言って、トイレから出てきた。

作戦2　便座に座ってみよう〈二歳八か月〉

祖母の提案で、トイレにぬいぐるみを置いてみた。桃子がそれに夢中になっている間に、すばやく補助便座に座らせる。ぬいぐるみで、「いないいないばあ」をしてやると喜ぶ。

いいぞ、この調子だ。「♪桃ちゃん！　ファイト！　おしっこ出るよ！♪」自作の歌を歌ってやると、桃子もおもしろがって一緒に歌う。

少しずつ補助便座に座っていられる時間が長くなってきた。朝起きてすぐ、保育園に行く前、保育園から帰宅後すぐ、お風呂に入る前、寝る前、毎日だいたい同じ時間にトイレに誘うように心がけた。そしてトレーニングを始めて二週間後、偶然だろうが、補助便座に座っているときにおしっこが出た！

そのときの感動は今でも忘れることができない。暑いトイレで桃子を抱きしめ、「桃ちゃん!! まさかー！ 上手におしっこできたね。えらいよ！」と何度も言った。桃子も喜んで、「まさかー！」と言っていた（おうむがえし、ですな）。

しかしその後十日ほどは一度も成功せず、イライラする日々が続いた。

作戦3 家ではトレーニングパンツを履こう〈二歳九か月〉

そんなある日、夫がゴザを抱えて仕事から帰ってきた。

「失敗してもいいからパンツを履かせてみよう。ゴザを敷いておいたら少しは安心だろうと思って買ってきた」と言う。そこまで気が回るのに肝心のパンツを買ってきていないところが、やはり我が夫なのだ。

翌日、トレーニングパンツを買いに行った。見るとサイズが「95」より上はない。やはり「95」以上の子は、もうオムツがとれて普通のパンツを履くのだ。私はますます焦った。売り場にあるだけ「95」サイズのトレーニングパンツを買い、帰宅した。

家に帰って桃子に履かせてみると、案の定、パンツはピチピチだった。これ以上大きくなる前に、トイレトレーニングを完了させなければ。

トレーニングパンツを履いていても、おしっこがもれてしまう。カーペットを濡らすまいと、私は忘れずにトイレに誘うようになった。トレーニングパンツの効果が桃子にあったかどうかは定かでないが、親の緊張感は高まるから、その点はいいのかもしれない。（編注　トレーニングパンツは布が厚く漏れにくくなっているパンツ）

作戦4 おしっこをしてみよう〈二歳九か月〉

トイレトレーニング作戦開始から約一か月後。始めは一日一回だけ成功、翌日は三回成功、更にその翌日はほとんど失敗なし、というふうに、少しずつおしっこの成功率があがってきた。そして一度も失敗なくおしっこができるようになった平成十七年六月二十六日、私は出産した。桃子の妹が生まれたのである。

産後の動けない私に代わって、トイレトレーニングを続けてくれた保育園の先生方と私の親には、感謝の気持ちでいっぱいだ。

作戦5　水を流して手を洗おう〈二歳九か月〉

水を流すこと、手を洗うことに抵抗がないのはわかっていた。一般に自閉症の子は水が好きだからだ。逆に手洗いの水を出しすぎて、便所が水浸しになることもしばしばだった。なんとか気をそらそうと、新しいポスターを貼ってみたが、駄目だった。水遊びのブームが去る二週間後まで、トイレはいつも湿っぽかった。ただでさえ、梅雨だったのに……。

作戦6　タオルで手をふこう〈二歳九か月〉

タオルで手をふくのは、保育園でもしているらしく、簡単に習得できた。ただひっぱりすぎて、タオルかけからタオルを落としてしまうことが多かったので、落ちないように洗濯バサミでとめた。今度は洗濯バサミが気になるようだったが、なるべくタオルと同じような色のもので挟むようにしてやると、そのうち慣れた。

作戦7 おしっこを教えて！〈三歳0か月〉

三歳になり、約二時間おきにおしっこに誘い、連れて行けばトイレで排尿できるようになってきた。保育園でもほとんど失敗なく、パンツで過ごしているらしい。今度は出る前に自分から、「おしっこが出る」と教えてくれたらいいなあ、と欲がでてきた。

毎日、「桃ちゃん、おしっこが出るときは教えてね！」と言い続けた。しかし、返事はいつも、「おしっこが出るときは教えてね」というおうむがえしか、または、「出ん！」。

それなのにトイレに無理に連れていってみると、ジャー!!　どうしたら「出る」と言ってくれるのか、私にはわからなかった。今もわからない。毎日同じことを言われ、桃子もいい加減うんざりしていたのではないかと思う。しつこく言い続けたのは、よかったのか悪かったのか。

とにかく三歳になったばかりのある日、初めて、「ママ、おしっこ」と教えてくれた！　急いでトイレに行ったが間に合わず、失敗……。でも予告してくれるようになってから十日後、なんとかギリギリセーフ。トイレで排尿できた。それからは失敗することも多々あったが、嫌がる桃子を無理やり抱えて私がトイレに連れて行くという光景は、少しずつ我が家で見られなくなっていった。

さらにショッピングセンターなど、家の外でも、「おしっこ」と教えてくれるようになった。

三歳一か月になったある日、おしっこを予告できたことが得意らしく、「おしっこ教えてえらいよ」と言う。私の言葉の真似だけれど、桃子の気持ちがよくでているなあとしみじみ思い、「本当やね。おしっこ教えてえらいよ、桃！」と言って抱きしめた。

作戦8 自分からトイレに行ってみよう〈三歳四か月〉

「桃ちゃん、ママがついていかなくても、一人でおしっこに行ってもええんよ」と何度も言ってみたところ、ある日突然子ども部屋でズボンとパンツを脱ぎ捨てて、トイレに駆け込んで行った。おしっこ成功だ！

以前ほど誘わなくなったため、時々失敗もあるけれど、出そうなときは自分からトイレに行けるようになってきた。保育園や祖父母の家でも、パンツまで全部脱いで、トイレに走って行く姿が見られるようになった。

作戦9 トイレの中でパンツを脱ごう〈三歳六か月〉

桃子は週に一度、養護学校に行っている。そこで一時間くらい、言語訓練などの個人指導をしていただいているのだ。担当の先生がおっしゃった。「桃ちゃんは、トイレの個室の外で全部ズボンとパンツを脱いでいますよね。あれはやめたほうがいいと思うんです。定着するとたいへんですよ。今のうちに矯正しませんか」

たしかに！　納得した。自閉症の子は羞恥心が育ちにくいと聞く。二十歳になっても、パンツを脱いでからトイレに行くようなことになってはならない！　自宅は、トイレの隣が子ども部屋なのであまり気にならなかったが、こんなことではいけない。反省した。

その日から、ズボンを下ろしそうになるとトイレに桃子を抱えていき、トイレの中で脱ぐようにと何度も言った。保育園の先生とも相談し、園でも気をつけていただいた。

作戦10 うんこもトイレでしよう〈三歳六か月〉

おしっこの失敗は全くといってよいほどなくなったが、うんこは事後申告……パンツの中でもらしてしまい、その後、「ママー、うんこが出たよ」と言う……が続いていた。うんこもトイレでするようになってほしい。

私はもらすたびに、「桃ちゃん、うんこもトイレでしてね。うんこはどこでするんかね？パンツの中？　それともお便所？」と言い続けた。

また、突然ジャーともらすおしっこと違い、うんこの場合は出す前にウーンときばるので、そういう場面を見るたびに桃子を抱えてトイレに駆け込むようにした。そして、うんこがトイレで出るたびに、「えらいよ」とよく褒めた。

旅行中のある日、桃子が、「おしっこ行く」と言ってトイレに行った。旅館のトイレなので、私も一緒に個室に入った。すると、ウーン……。成功した！　ところが、その後一週間ほどは失敗が続いたので、旅行中のあれは、まぐれだったのかなあと思い始めていた。

しかし、私がトイレに入ると、便器の中にうんこが！　我が家でうんこをした後に流さない人物は、一人しかいない。桃子に聞いてみると、「うんこした。えらいよ」と答える。その日からは、もらさないでトイレに行くことが多くなった。

作戦11 トイレットペーパーを適切に使おう〈三歳七か月〉

保育園でもトイレットペーパーを適切に使えず、桃子が入った後の個室はペーパーの山になっていることもあるようである。なんとかしなければならない。

うまくトイレットペーパーを切るという作業は、なかなか難しいものである。自分が普段どうやっているのか、桃子に教えるため、見つめ直してみた。

まず、ペーパーの端を見つけ出す。ある程度右手でひっぱる。左手でペーパーホルダーの上を押さえる。右手を横にひっぱってペーパーを切る。こんなにたくさん課程があるのだ。どうやって教えたらいいのだろう。

ペーパーの端を見つけ出すのは難しいので、家では夫や私が使った後、ペーパーを五センチくらいわざと下にひっぱっておくことにした。ある程度ひっぱる、の「ある程度」というのが曖昧で桃子に理解しにくいので、「一二三四五くらいひっぱってね」と数を数えたらできるようになった。

左手でペーパーホルダーを押さえるのは、ホルダーに熊の絵がついているので、「熊ちゃんの頭をギューーッと押さえてね。そのままひっぱって、ビリビリ！」と教えた。桃子は、「ビリビリ！」というのが気に入って、すぐできるようになった。

切ることはでき、小便の後始末はできる。しかし、うんこを上手にふくのは難しい。だから、桃子がうんこのためトイレに行くときは、だいたい以下のようなシーンが繰り返された。

@平成十八年五月十八日の記録

便所からなかなか出てこない桃子を心配して私が行くと、桃子「ママはむこう行っちょく。（私にトイレから出ていけ、という意味）♪ウンチーが出ない、ウンチーが出ない、ウンチーが出なーいよー（『NHKのおかあさんといっしょ』の中に出てくる『パンツぱんくろう』が歌う歌）……ウーン……よいしょ！　よいしょ！　（きばる音）……♪ウンチーが出たよ、ウンチーが出たよ、ウンチが出たーよー（前の歌の替え歌らしい）……ついでに、おしっこも。……ママー！　うんことおしっこが出たよー！」そこで私が行っておしりをふいてやる。

「しあげは桃子さーん！」と私も歌って、最後は形だけでも桃子にふかせる。

余談だが、「NHKのおかあさんといっしょ」に出演中の「パンツぱんくろう」君にはずいぶん助けられた。桃子は、ぱんくろうが好きなので歌も行動も彼の真似をするのだ。ぱんくろう、ありがとう。

作戦12 全部脱がずに用を足してみよう〈三歳七か月〉

桃子は、ズボンもパンツも全部脱いでから用を足す。だから、時間がかかる。外出したときも不便である。靴を履いたままズボンなど全部脱ぐのは難しいので、結局靴も脱ぐことになるからだ。なんとか全部服を脱がず、おしっこなどに行けるようになってほしい。保育園の先生とも相談し、練習してみることにした。

園には子ども用の小さい和式トイレがあるそうだ。そして桃子は和式にも入ることがあるということだったので、和式の練習は保育園でしていただくことになった。

家庭は、洋式トイレである。今まではまるで馬にまたがるようにしておしっこをしていたが、これからは椅子に腰掛けた状態でしてほしい。私は踏み台を便器の正面に移動させた。これで台を上がってズボンなどを下ろしたら、すぐおしっこができるようになった。さらに桃子が座った視線の先に、大好きな「NHKのおかあさんといっしょ」のお兄さん、お姉さんの写真を貼った。準備を整え、「桃ちゃん、しょうこお姉さんの写真貼ったから、見ながらおしっこしようよ」と言って、膝のあたりまでズボンとパンツを下ろしてやり、補助便座に座らせた。

「全部脱ぐ」と最初は嫌がっていたが、私が、「しょうこお姉さんの隣は？　誰？　きよこお姉さん？」と聞くと、まんまとひっかかり（?）、「あ、きよこお姉さんじゃない。まゆお姉さんやった！」と答え、おしっこは成功した。

翌日からは抵抗なく、椅子座りでおしっこをするようになり、三日目には自分で半分ほどパンツを下ろし、「そんぐらいがええ」とつぶやきながら座っていた。「そんぐらいがええ」というのは、多分、保育園の先生がおっしゃるのだと思う。

作戦13　鍵をかけてみよう〈三歳八か月〉

保育園の参観日に行って、気になったことがあった。それは、トイレの個室のドアをろくに閉めずに桃子がおしっこをしている、ということであった。以前中国に行ったとき、ドアを開けて用を足している婦人を何人も見たが、ここは日本である。ドアは閉めたほうがよい。

一石二鳥を狙って、鍵をかけるように仕向けてみようと思った。

一口に鍵と言っても、ドアノブタイプのもの、閂《かんぬき》タイプのものなど、様々である。外出したときも、なるべく桃子に鍵の開閉をさせるようにした。桃子はおもしろがって自分から開閉したがるようになり、私は「うまくいった」とニヤリとしていた。

ところが、である。ある日、トイレに行ったはずの桃子がなかなか出てこない。個室から、ドンドンという音と、「ママー、開かん。開けてくださいー！」という声が。駆けつけてみると、トイレに鍵がかかっている。桃子は閉めることはできたが、開ける方法がわからなくなってしまったらしい。

「桃ちゃん、鍵のところ、縦にしてごらん。ガチャガチャして！」と叫んでみたが、開けて、開けてください！」の一点張り。幸いなことにトイレは一階にあり、窓には鍵がかかっていなかった。夫が椅子にのぼって小さなトイレの窓から進入し、無事、ドアは開かれた。鍵の110番のお世話にならずに済んで、本当によかったと思う。

また、鍵をかけて心ゆくまで「水びたし（本人談）」を楽しむようになってしまい、「桃子、そちも悪よのう」とため息をつく日が続いた。

作戦14　補助便座よ、さようなら〈三歳九か月〉

帰宅後、桃子が走ってトイレに向かったのは、三歳九か月のときのこと。俗に言う、

「漏れる一歩手前」の状態である。ギリギリ間に合ったらしい。見ると、補助便座を使用していない。補助便座をセットする時間もなかったようだ。「桃ちゃん、アンパンマン（補助便座のこと）せんでよかったん？」と私が言うと、ハッとした様子。「いらんやった」と答える。

補助便座なしで座ってもお尻が便器の中に落ちないほど、桃子の体は成長していることに、その時初めて気がついた。「すごいねえ。アンパンマンなしでも座れるなんて、かっこいい！」と私が言うと、桃子はニコニコしていた。

そしてその日から、補助便座はいらなくなった。

作戦15 夜のオムツよ、さようなら〈四歳0か月〜四歳五か月〉

四歳になってすぐのある日、朝起きて大急ぎでトイレに向かう桃子の姿があった。夜だけ紙オムツをつけていたが、この日は漏らしておらず、感動した。しかしその後は続かず、一月に一度か二度漏らしていない日がある、といった程度であった。

「思いきってパンツで寝かせ、夜中に起こしてトイレに連れていったほうがいいんでしょうか」と、病院や支援センターの先生に相談すると、「夜中に起こすのは一番よくない方法です。まだ夜は紙オムツ、で大丈夫です。焦らないで」という答えであった。

十二月になり、一段と冷え込んできた。それと関係あるのかないのか、夜の間に漏らす量がだんだん増えてきた。退化しているのではないだろうか。そこで、午後五時台にたっぷり水分を取らせ、午後六時以降はコップ一杯程度の水分にし、八時、布団に入る前に必ずトイレに行かせるようにした。つまり膀胱のタンクを極力空にしてから、朝を迎えようという作戦である。

この作戦がうまくいったのか、それとも桃子の膀胱が大きくなったのか、四歳五か月には、漏らすのは半月に一度程度になった。ある日、うっかり夜寝る前にオムツを履かせるのを忘れてしまった。どうしよう、と思ったが、そのまま朝になり、その日も失敗しなかった。私からも夫からも褒められ、いい気分になった桃子は、「もうオムツ、履かんでええ」と宣言。オムツから完全に卒業することとなった。

その後、おねしょをしたことは一度もない。

トイレ編のまとめ

二歳のころ、トイレに入ろうとせずパニックを起こしていた桃子。長い道のりであった。目下の目標は、大便の後始末の正確さ、である。また、外出先で水を流せるようになってほしい、とも考えている。最近のトイレは便利になったのか、使いにくくなったのか、水を流す方法も多種多様である。ペダルを押すもの、レバーをひねるもの、上から下がっている紐をひっぱるもの、センサーに手をかざすもの、何もせずに個室から出た途端に水が流れるもの、などいろいろある。いつも同じことを好む自閉症の人にとっては、不便なトイレたちである。目の不自由な方たちも困っていらっしゃるのではないだろうか。トイレメーカーさん同士話し合って、なるべく共通のものにしていっていただきたいと願っている。

コラム　不思議な記憶力について

桃子は記憶力が抜群だ。私からすると、どうでもよいことでもたいへんよく覚えている。三歳になり、だいぶ言葉が増えたころから特に目立つようになった。例えば……。

1　一か月前、こども写真館に行ったときのことを突然言う。
「写真屋さん、行ったねえ」

私が、「誰と行ったの？」と聞くと、「パパとママとおじいちゃんとおばあちゃん」

私が続けて、「写真屋さんで桃ちゃん、何色のドレス着たの？」と質問すると、「ピンク」〈三歳0か月〉

2　三週間前、家族で温泉に行ったときのことを突然言う。
「お外お風呂（露天風呂のこと）、石あったねえ」〈三歳0か月〉

3　温泉から出て来ると、「こっちの（視線は自動販売機の牛乳）飲む？ 椅子に座って、こっちの、飲む?」

半年以上前に同じ温泉に来たとき、椅子に座って牛乳を飲んだことを覚えているらしい。〈三歳0か月〉

4 洗濯物の中にある私のポロシャツを見つけて、「温泉のママの服」

アルバムを見て確認してみると、一か月前温泉に行ったとき、私はたしかにそのポロシャツを着ていた。〈三歳0か月〉

5 支援センターからの帰り道、車の中で。

「桃ちゃん昔小さかったとき、おじいちゃんとおばあちゃんとセンター行った。今は、ママ」

私が出産直後だったため、桃子が二歳十か月から二歳十一か月までの間は、支援センターへの送迎を祖父母がしていた。九か月も前のことを記憶している。〈三歳八か月〉

6 「お祭りで宮田先生に会った」

近所の祭りに行き、そこで保育園の先生に偶然お会いしたときのことを言っている。一年前のことを記憶している。〈三歳九か月〉

7 桃子が、「桃ちゃん、お二階（二階のベランダのこと）でご飯食べたい」と言うので、私が、「去年のことを桃、覚えちょるん？ 去年、二階でバーベキューしたとき、何食べたか覚えちょる？」と聞くと、「ハンバーグ」正解である。〈三歳十一か月〉

8 私が、「今日、支援センターの中田先生が桃ちゃんを見に保育園にいらっしゃるってよ。わかった？」と予告すると、「中田先生だけ来る。田海先生と大西先生は、来んん。中田先生、黒いズボン履いてくる」と答える。

後日確認したところ、一年くらい前、中田先生が保育園を訪問されたとき、本当に黒いズボンを履かれていたらしい。〈四歳0か月〉

9 他人の車を見て、「ママと同じ車」と言う。

私が、「何で？ ママの車は水色じゃ？ この車は白いよ」と言うと、「ママと同じ『ま』の車。パパの車は『な』の車。おじいちゃんのは『て』の車」と言い直した。ナンバープレートを記憶していたのだ。〈四歳0か月〉

10　お遊戯会のパンフレットを十七番まですべて暗記する。〈四歳二か月〉

11　妹が産まれた産婦人科医院の前で、「ここ来たことある」と言う。
私が、「いつ来たの？　誰と来た？」と聞くと、「あのねえ、おじいちゃんとおばあちゃんと桃ちゃんと三人で来た。お部屋もあっちょった。お部屋をトントンってしたら、ママがドアを開けてくれた」と答える。妹が退院したときのことを言っているらしい。

私が、「お部屋の中は、ママ一人やったの？」と質問すると、「藍ちゃん（妹の名）もおった。目目つぶって寝ちょった。桃ちゃんがティッシュ取ってあげた」と言う。一年七か月も前のことを記憶している。〈四歳二か月〉

12　保育園のお友達のお誕生日が何月か、だいたい記憶している。〈四歳五か月〉

13　私が、「今度、野中のおじさんおばさんの家に遊びに行こうよ」と誘うと、「三月三十一日に行こうやー」と答える。
まさか、と思い日記を見てみると、本当に昨年の三月三十一日、野中家を訪問していた。〈四歳五か月〉

14　七月になったので新しいカレンダーに。それを見て、桃子は、「四月と同じカレンダー」と言う。
確認したところ、本当に平成十九年の四月は、七月と同じで、一日が日曜日から始まっていた。〈四歳九か月〉

15　テレビに大分の水族館「うみたまご」が写っていた。
「ここ、行ったことあるね」と私に言われて、桃子は喜び、「♪　ダッダダダッダーダーダ、ダッダダダッダダーダ♪」と歌い出した。

どこかで聞いたことのあるメロディだなあと考えていると、夫が、「これ、うみたまごでアシカとかのショーを見たときに流れていたバックミュージックやないんか？」

そうだったような気がする。一年前に見たアシカショーの音楽を覚えているのだ。〈四歳十か月〉

16 十月のカレンダーを見て、「なんで一月と同じなのー！ アーハハハ！」と笑う。14と同様の事例である。〈五歳0か月〉

17 福田総理がテレビに出ているのを見て、「ねえ、麻生さんは？ 安倍さんは？」と言う。

私が、「何で、福田さんしか出てないんかねえ。桃ちゃん、安倍さんの前は誰が総理大臣やったか覚えちょる？」と聞くと、「小泉さん」と答えた。〈五歳一か月〉

18 十二月のカレンダーを見て、「九月と同じじゃないの」と言う。14、16と同じ事例。〈五歳二か月〉

19 「去年、『プリキュア』が五番やった。『アバレンジャー』は九番。『ルンルンシャポー』は十三番」

と言う。一年前のお遊戯会のプログラムが、まだ頭の中に入っているらしい。〈五歳二か月〉

なぜこんなことを覚えているのだろう。理解できないが、私にとってはどうでもよいことでも、桃子にとっては大事なことなのだろう。どうしてこんなに覚えられるのか、私にはさっぱりわからない。桃子の記憶力の箪笥には、私の何倍も引き出しがついているのだろう。こんな巨大な収納力のある箪笥を持って生きていかなければならないというのは、ある意味つらいことも多いだろうなと思う。

不思議な記憶力の観察は、今日も続いている。

子どもには、遊びだって大切！
「遊べるようになる」までの道

じゃんけん編〈二歳十一か月〜五歳一か月〉

じゃんけんは、できないよりできたほうがよい。特に子どもの世界では、じゃんけんをすることが多い。ゲームは、たいていじゃんけんから始まる。ゲームの終わりに決着がつかないときも、じゃんけんをすることになる。

桃子は、じゃんけんができなかった。周りの子は、だいたい三歳くらいでじゃんけんの意味を理解しているようだったが、桃子は違っていた。

作戦1 じゃんけんには「グー」「チョキ」「パー」があることを知ろう〈二歳十一か月〉

まずは、じゃんけんには三種類があることを知らなければならない。もちろん、「グー」と「チョキ」と「パー」である。桃子に教えたところ、保育園などで見たことがあるらしく、すぐに覚えることができた。

作戦2 「最初はグー。じゃんけんほい！」で手を出す練習をしてみよう〈三歳0か月〉

じゃんけんは、手を出すタイミングも大切である。「早出し」をしてもいけないし、「遅出し」をすれば嫌われる。「じゅんけんほい！」の「ほい！」の時点で、手が出ていなければならないのだ。

遊びの中で、手を出すタイミングの練習をしたところ、これもすぐにできるようになった。

作戦3 いろいろな場所で、じゃんけんをする練習をしてみよう〈三歳0か月～五歳0か月〉

しかし、その次の段階「じゃんけんをして勝敗がわかる」ようには、なかなかならなかった。なぜか。私は、原因は二つあるのではないかと考えた。

一つは、桃子に勝ち負けの概念があまりないから、である。保育園の運動会でも、マイペースでゆっくりにこにこ走り、自分のチームが勝っても負けても、「バンザーイ！」と叫んでいる。勝ってよい成績を取りたい、とか、負けて悔しい、とかいう感情が、桃子には欠落しているように思える。

ところが、じゃんけんは勝ち負けをきっちりと決める性格のものである。勝つとはどういうことか、負けるとはどういうことか、よく理解できない桃子には、難しいのだろう。

もう一つの原因は、じゃんけんが一対一対応ではないから、である。桃子は、一対一対応は得意なのだ。まだ二歳になるかならないかのとき、彼女が「baby」や「Mickey」など英単語をやたらと読むので、たいへん驚いたのを覚えている。「Mickey」はミッキーであり、いついかなるときでも、ミッキーマウス以外ではありえない。だが、じゃんけんは違う。グーは、相手がチョキを出しているときには「勝ち」だが、相手がパーならば、「負け」である。同じグーでも、勝つときもあれば負けるときもある。混乱するのだろう。

私は、「グーは、ほら石みたいじゃ？　チョキは、ハサミみたい、ね？　石をハサミで切っても、アレ？　イタタタ……切れんよねえ。だから。グーとチョキやったら、グーのほうが勝ち！　おめでとう！」などと何度も教えたが、わからないようだった。また、聞く気もあまりないようだった。

桃子は心の中で、「グーは石みたいって、……グーは、石じゃない手じゃ？　チョキもハサミじゃない、手じゃ？」と思っていたのかもしれない。

保育園や療育機関の先生にもお願いし、時々じゃんけんの練習をしていただいた。桃子はじゃんけんの手は出せるが、自分では勝ったか負けたかわからず、先生に教えていただいていた。

そして、二年が過ぎた。

作戦4 じゃんけんをしてみよう！〈五歳一か月〉

桃子は五歳になった。

ある夜、寝る前に、「お母さん、絵本読んで」と、言ってきた。妹も絵本を持ってきており、読んでほしそうだったので、「いいよ。藍ちゃんとじゃんけんして、勝った人から先に読んであげる。負けた人は、その後で読んであげる」と私が答えたところ、妹とじゃんけんを始めた。

妹が出したのは、チョキ。桃子が出したのは、パー。「あーーー！　負けた！」と、悔しそうに桃子は言った。

「あれ？　桃ちゃん、じゃんけんわかるん？」私がびっくりして言うと、「わかるよ」と答える。それから何度もじゃんけんをしてみたが、やはり理解できているようだった！

じゃんけんをすることがおもしろいらしく、何度も、「お母さん、藍ちゃん、じゃんけんしよう」と言ったり、「じゃんけんをして勝った人は、もう一つテレビが見られます」と勝手な約束を言ってみたりした。

じゃんけんをして勝ったら、自分に有利な何か物がもらえたり、またはしてもらえたりするのだ。この二年かけて、桃子はそう理解したのかもしれない。

鉛筆・お絵描き編〈二歳八か月〜五歳二か月〉

自閉症の中には、非常に器用で細かい作業が大好きな子どもたちがいる。しかしボタン編などからもわかるように、桃子は不器用なためクレヨンで絵を描いても筆圧が弱い。と言うより、苦手意識が強いのか、クレヨンや鉛筆を持とうとしない。絵がうまい、へた、以前の問題である。

指先の力が弱いのか。どうしたら鉛筆を持ってくれるようになるのか。いろいろ考えてみた。

作戦1 まずは、クレヨンを持ってみよう〈二歳八か月〉

鉛筆は最終目標として、まずはクレヨンから始めてみることにした。予想通り、桃子はクレヨンを持つことを嫌がる。クレヨンが細いから持ちにくいのかと思い、太いクレヨンを用意したが、これも気に入らなかった。

指に力が入らないため、色があまり出ないのが原因か。祖父母が、「スラスラかけるクレヨン」（六色入り。ショウワノート八百十九円）というクレヨンを買ってきてくれた。なるほど「びっくりするようななめらかなかきあじ！」である。しかし、桃子がクレヨンを使う様子はない。そのまま五か月が過ぎた。

作戦2 クレヨンでグルグル描いてみよう〈三歳一か月〉

「どんないろがすき」という歌がある。「ＮＨＫのおかあさんといっしょ」に出てくる歌である。桃子はこの歌が好きで、よく歌っていた。

三歳一か月のとき、何を思ったのかいきなりクレヨンを持ってきて、「♪どんな色が好き？……赤！……赤い色が好き」と歌いながら、赤のクレヨンでグルグル丸を描いた！

私は、飛び上がりたくなるほどうれしかった。しかし、感情を抑え、「♪どんな色が好き？……青！……青い色が好き♪」と歌の続きを桃子と一緒に歌った。今度は、青いクレヨンでグルグル丸を描いた。その後、黄色、緑、黒、でも丸を描くことに成功した。

保育園にこのことを報告すると、「今度は『おはようクレヨン』という歌を教えてみましょう」とのこと。数日後、「おはようクレヨン」の歌を歌いながら、クレヨンを持つ桃子の姿があった。

作戦3 「目と鼻と口」だけ描いてみよう〈三歳二か月〉

クレヨンを持つのを拒否することはなくなったが、そうかといって急にお絵描き好きになったわけではない。自主的に描くことはほとんどなく、私が頼んで頼んでやっとチョロチョロと描く程度である。なんとか発展できないものか。

人の顔を全部一から描くのは難しいだろう。私は桃子が大好きな、「しょうこお姉さん（『ＮＨＫのおかあさんといっしょ』に出演しているお姉さん）」の絵を描いた。「目」以外のところは全部私が描き、桃子に声をかけてみた。

「桃ちゃん、ママ、しょうこお姉さん描いたよ」

桃子は喜んで見に来た。

「ママ、忘れちょうです」

やった！　予想通りの答えであった。

「何を忘れちょうの？」

桃子は得意になって答える。

「目を忘れちょうです。ママ」

「あれ？　本当やねー。ママ、うっかりしとった。桃ちゃん、しょうこお姉さんの目を描いてくれる？」

桃子はおもしろがり、目を描き入れた。その後、ゆうぞうお兄さん、まゆお姉さん、よしお兄さん、ひろみちお兄さん、きよこお姉さんの絵も描いた。桃子は、目だけでなく、鼻、口、なども描いてくれた。それからはしばらく、お兄さん、お姉さんの絵を描く日が続いた。

作戦4　「木」の絵を描いてみよう〈三歳十か月〉

三歳十か月のとき、珍しく自分でクレヨンを用意し、「木」の絵を描いた。

「これは、木」

こう言いながら、上は緑、下が黄色で何やら形あるものを描いた。なんとなく「木」に見える。私はとてもうれしく、他にも何本か描いてくれるよう頼んだが駄目だった。

やはり、絵は苦手なのだろう。

作戦5 「せんせい」に絵を描いてみよう〈四歳0か月〉

　病院の先生に、「どうしたら、絵を描くようになりますか」と質問すると、「まず、お絵描きの楽しさを知ることが大事ですね。TAKARAから出ている『せんせい』などで、お絵描きをしてみるのもいいですよ。あまり力を入れなくても色が出ますから」と、アドバイスいただいた。

　誕生日プレゼントということで、祖父母が「ハローキティカラフルせんせい」（編注　何度でも描けるシート。http://www.takaratomy.co.jp/products/sensei/products/kitty/index.html）を買ってくれた。価格は三千九百九十九円。普通の「せんせい」なら三千四百九十九円なのに、「ハローキティ」がついている点、「カラフル」であるという点で高くなっているようだ。

　桃子に与えてみると、おもしろがってグルグル丸を描いていた。付属のシートを使って、キティちゃんのなぞり描きもし、得意になっていた。

作戦6　「ももこ」という名前を「せんせい」に書いてみよう〈四歳0か月〉

「せんせい」にうまく食いついたのはよいが、キティちゃんのなぞり描きばかりしている。そこで、「ももこ」と自分の名前をなぞり書きさせてみることにした。私が点線で「ももこ」と書き、勧めてみると、思ったより上手に書くことができた。桃子は、文字には強いのだ。

一週間後、なぞって書くのではなく、自分一人の力で、「せんせい」に「ももこ」と書いていた！　感動すると同時に、簡単で書きやすい名前をつけておいてよかった……と思う私であった。

作戦7　「しゃぼん玉」を描いてみよう〈四歳0か月〉

桃子がキティちゃんでも自分の名前でもなく、丸をたくさん描き出した。何を描いているのか聞いてみると、「しゃぼん玉でーす！」と、答える。小さい丸を幾つも幾つも描き、消して、また描いていた。ちょうど本物のしゃぼん玉が飛んでいるかのように……。

作戦8 保育園では鉛筆を持ってみよう〈四歳0か月〉

保育園に参観に行ったとき、桃子が鉛筆を持ってお絵描きしている場面を目撃した。家庭では絶対に持たない鉛筆だが、園では持つこともあるようだ。描いた作品をチラッと見たが、筆圧が弱く、何を描いたのかよく理解できなかった。

作戦9 鉛筆にはクリップをつけてみよう〈四歳0か月〉

病院の先生から、「鉛筆にクリップをつけ、太くしてあげると書きやすいですよ」と、言われたので、「ペングリップ」（SUNSTAR）を購入してみた。価格は、百円程度であった。それを「せんせい」のペンにつけ、持ちやすくしてみた。

「ペングリップ」の横で売られていた、「もちかたくん」（TOMBO　百二十円）もついでに購入したのだが、桃子はまるで気に入らず、失敗に終わった。

作戦10　楽しい絵をたくさん見てみよう〈四歳一か月〉

「3さいから6さい対象　1日10分でえがじょうずにかけるほん」（あきやまかぜざぶろう作　講談社　八百五十円）という本を見つけ、早速購入した。私が絵を描いてやるときの参考にもなりそうな絵が、たくさん出ている。桃子も、たまには本を見ている様子である。

「桃ちゃんも、この絵本みたいな絵、描いてみる？」と、誘ってみたが、「描かん」と、断られてしまった。

作戦11　「せんせい」でお絵描きを楽しもう〈四歳一か月〉

「せんせい」購入から一か月たった。ほぼ毎日、「せんせい」に向かって何やら描いている桃子の姿が見られるようになった。

キティちゃんもなぞり描きでなく、全部自分で描いている。絵の構図はいつも同じだ。描く順番はいつも決まっていて、「顔の輪郭」、「耳」、「目」、「鼻」、「口」、「胴体」、「手

（手は胴体から出ず、顔から出ている）」、「足」、「ボタンのついた服」、「服の色塗り」、「リボン」、「眼鏡」、の順に描く。

何にせよ、桃子がお絵描きをするようになってくれ、うれしかった。

作戦12 さあ、鉛筆を持ってみよう〈四歳五か月〉

四歳五か月になり、ペンやクレヨンなどの持ち方も上手になってきた。以前はグーの手で握って持っていて、よく私が注意していたのだが、最近ではそんなことはほとんどない。そろそろ鉛筆を持ってみてもよいのではないだろうか。

「はじめてのめいろ」（くもん　五百円）を試しに購入し、やらせてみるとハマッテしまった。なぜだかよくわからないが、おもしろいらしい。桃子はクレヨンを使いたがったのだが、うまくごまかして、鉛筆を握らせた。めいろはしたいが、鉛筆をうまく握ることができない。桃子は少し、イライラしている様子である。せっかくやる気になっているのだから、この火を消してはいけない。

文道具店に走り、「おけいこいろえんぴつ6色」（TOMBO　六百七十二円）を買ってきた。通常の鉛筆より短く、三角形なので持ちやすいらしく、嫌がらずに持つことができた。

作戦13 一日一回は、鉛筆を持ってみよう〈四歳五か月〉

病院の先生から、「桃ちゃんは、習字をするときのように、手を全部あげて書いていますよね。だから、力が入らないのです。手の腹、手首の部分をつけて書くようにすると、濃い字が書けるようになりますよ」と、言われた。そこで、桃子の小指の下にウサギを描いてやり、「桃ちゃん、ウサギさんを下につけるようにして書いてみて」と、言うと、一度でできるようになった。

「はじめてのめいろ」が終わり、「やさしいめいろ」、「はじめてのえんぴつ」（両方とも、くもん　六百六十円）を購入した。現在でも、一日一枚ずつプリントをしている。飽きた様子は全く見られない。一度決まった生活パターンをなかなか変えないのが、自閉症だ。同一性の保持も、たまには悪くない。

作戦14 自分の名前を鉛筆で書いてみよう〈四歳六か月〉

四歳六か月のとき、突然、「桃ちゃん、名前書けるよ」と言い、鉛筆で「たけしまももこ」と自分の名前を書いた。「た」や「け」という字のはねるところも、きちんと書けている。初めて書いた自分の名前！　この紙は、ずっと大切にしておこうと思う。

作戦15　一日一回は、クレヨンを持ってみよう〈四歳十か月〉

知的には遅れていない、という診断がついている桃子であるが、本当にそうだろうか、と思ってしまうことがある。彼女が描いた絵を見たときである。例えば、人間を描くとする。頭を描き、眉毛、目、鼻、口、髪の毛、耳、を描くまではよいが、その後いきなり足を描く。頭からいきなり足が出ているのだ。胴体というものが存在しない。顔からいきなり手が出ている。二歳の妹が描く絵とあまり変わらないような気がする。

保育園の先生に相談すると、「絵を描いた経験、というものも大切でしょうね。桃ちゃんは、絵が苦手で今まであまり描かなかったから、胴体のない絵を描くのかもしれません」というお答えであった。

それでは、「絵を描く経験」をこれからたくさんしていけばよいのではないか、と考えた。くもんのドリルの中に、「ぬってみよう」というものがあったので、それをやらせてみた。例えば、リンゴの絵があって、一カ所だけ白くなっており、そこを赤いクレヨンで塗ると、リンゴが完成する、というようなものだ。対象年齢は二歳、のドリルなので、桃子も簡単に仕上げることができ、達成感があったらしい。それ以後一日一枚、めいろの他に、ぬりえプリントもするようになった。

はたして、桃子の絵に胴体が出現する日は来るのだろうか。

作戦16 胴体のある絵を描いてみよう〈五歳一か月〉

ぬりえプリントの裏は、「おけいこひろば」になっている。「好きな絵を描きましょう」ということらしい。ある日桃子に、「ぬりえができたら、裏にラブとベリーを描いてくれない？」と頼んでみた。

すると桃子は、「いいよ」と快諾。ピンクのクレヨンでラブを、青のクレヨンでベリーを描いてくれた。さらに赤いクレヨンで、桃子自身も描いた。

「わー！　すごーい！　上手やねえ。じゃけど、ラブの髪ちょっと少ないみたいやけえ、茶色もぬってみたら？」と、もう一押ししてみたが、「駄目！　ラブは全部ピンクで描くの！」とキッパリ断られてしまった。

「あ！　この絵本に出ちょるラブの緑のドレスすてき。桃ちゃんの絵に、お母さんが緑のドレス描き足してええ?」と私。すると桃子はムッとした様子で、「ここにもう、ドレス描いちょうじゃないの。お母さん」

桃子が指すところをよくよく見てみると、頭の下に少し胴体らしきものが描いてある。「ごめんね。ラブ、ピンクのドレス着ちょったんじゃね」と私が謝ると、「うん。そうよ。これは、アイドルステージの時のドレスやけえ」と笑って言った。

改めて絵をよく見てみると、たしかに胴体らしきものから手が二本出ている。今までは、顔から直接手が出ていたのだが、それとは明らかに違う。

私が大喜びしたのに気をよくしたためか、その日から毎日、桃子はぬりえの後、お絵描きをしてくれるようになった。ただし、描く絵はいつも同じで、ラブとベリーと桃子、だけであった。

作戦17 いろいろな色を使って絵を描いてみよう〈五歳二か月〉

ラブとベリーと桃子を描くようになってから約一か月。さすがに飽きてきたらしく、ある日、「お絵描き、せん。ラブ、描かん」と言ってきた。

私が、「じゃあ、今度はプリキュア5を描いてよ。見たいなあ」と頼むと、「いいよ」

と描く気になってくれた。

しばらくして見に行ってみると、五人のかわいらしいプリキュアが踊っていた。ピンク、赤、緑、青、黄色を使い、それぞれのクレヨンで一人ずつ描いているが、あれ？胸のところだけ、何か色が違うようである。

「桃ちゃん、胸のところについちょうの、これ何？」と聞くと、「これは魔法のメダルなのだー！」といばって答えた。本棚からプリキュアの本を持ってきて見比べてみると、たしかに胸に何か光ったものが描かれている。今までは一人の人物は、頭から足先までピンクならピンクとすべて一色で描いていたのだが、変化してきている。

また、さらによく見てみると、黄色の人の髪はクルクルに描かれており、青と緑の人には頭に大きなリボンがついている。本を見ると、たしかにその通りである。横に絵本を置いて見ながら描いたのではなく、頭の中の記憶をひっぱりだしてきて絵を描いたことに、私は感動した。

その日からは毎日、プリキュアを描いてくれている。日によって丁寧に描いたり、乱雑になったりすることもあるけれど、毎日クレヨンを持ってくれればそれでいい、と私は考えている。

三輪車編〈二歳八か月〜四歳二か月〉

ボタン編でも書いたが、桃子は超がつくほどの不器用である。私が、「ボタンはどうしたらできるようになりますか。箸を上手に持つコツがあれば教えてください」などと聞くたびに、病院の先生も療育機関の先生も保育園の先生も口をそろえておっしゃった。「指先だけが発達していくわけではないんです。体全体が発達すればできるようになりますよ。ボタンだけとか箸だけとかにとらわれないで」

私が、「三輪車に乗れないのも、歩き方がぎこちないのも、ブランコの立ちこぎができないのも、みんな不器用と関係しているんですか？」と尋ねると、「そうです」というお答えであった。

そうなのか。だからいろいろな発達検査のたびに、「三輪車に乗れますか？」と聞かれるのか。三輪車など乗れなくても日常生活には支障はないと考えていたが、ここは乗れるようになってもらいましょう。三輪車に乗れたとき、桃子の中の何かが動くような気がする。

作戦1 三輪車に楽しく乗ろう〈二歳八か月〉

祖父母がアンパンマンのついた三輪車をプレゼントしてくれた。桃子は乗ることは乗るが、ノリがあまりよくない。自分でこぐことを嫌がり、押してくれと頼む。乗ることを拒否することさえあった。作戦1は、失敗だ。桃子が乗る気になるまで、少し待ってみることにした。

作戦2 お友だちの真似をしてみよう〈三歳十か月〉

ほとんど進展がないまま一年以上が過ぎた。

ある日、桃子が、「お外行く。だいち兄ちゃんと遊んでみる」と言う。お隣のだいち君（年長）とそのお姉さん（小学校三年生）が、外で自転車に乗って遊んでおり、桃子も行きたくなったらしい。

外まで送って行ったとき、私はふと閃いて桃子に言った。

「桃ちゃん、だいち兄ちゃんたちみたいに、桃も自転車に乗ってみる？」

桃子は喜んで、「乗ってみる！」と言った。桃子はうまくこぐことができなかったが、お兄さんお姉さんに後ろを押してもらったり、一緒に三輪車に乗ってもらったりして、楽しい時を過ごした。

作戦3 支援センターでも三輪車にチャレンジだ！〈四歳0か月〉

支援センターで運動遊びをする日、私のリクエストに応えて三輪車の練習をしていただいた。先生からは、「三輪車のペダルに足を置き、一生懸命踏んでこごうとしていました。踏む力がいまいち足りませんが、もう少しでできるようになりますよ」とうれしいお言葉をいただいた。

作戦4 保育園で乗りやすい三輪車に乗ってみよう〈四歳一か月〉

保育園に迎えに行くと、先生が、「桃ちゃん、三輪車に乗れましたよ！」とおっしゃった。しかもその様子を、デジカメに撮っておいてくださっていた。デジカメの中の桃子は、得意になって三輪車に乗っている。この三輪車は比較的乗りやすいタイプのものらしい。自宅の三輪車にも乗れるのだろうか。

作戦5 自宅の三輪車に乗ってみよう〈四歳一か月〉

早速自宅の三輪車にも乗らせてみたが、うまくいかなかった。三輪車嫌いになると困るので、無理に乗せるのはやめた。

作戦6 リベンジ　自宅の三輪車に乗ってみよう〈四歳二か月〉

保育園の三輪車で乗るコツをつかんだのだろうか。自宅の三輪車にも、最初は下り坂だけ、その後平坦な道でも乗れるようになった。

作戦7 どんどん三輪車に乗ってみよう〈四歳三か月〉

保育園の先生から、「このごろの桃ちゃんは、三輪車とポックリに、はまっているんですよ」と教えていただき、とてもうれしかった。サンタクロースにお願いするプレゼントも、「『じてんしゃでおでかけリカちゃん』がええです」という桃子であった。

作戦8 自転車に乗ってみよう〈四歳四か月〉

ホームワイドで、自転車が売られているのを見つけた。桃子に、「乗ってみる?」と聞くと、「乗ってみる!」との答え。簡単に乗ることができた。

この話を聞いた祖父は大喜び、早速ホームワイドに行き、桃子の希望するピンクの自転車を買ってきた。桃子は、ベルを鳴らして大得意。保育園から帰宅後や、休みのたびに自転車に乗って遊ぶようになった。

いつか補助輪なしで乗れるようになるといいなと願う。

ハサミ編〈二歳八か月～四歳五か月〉

桃子は、ハサミも苦手であった。二歳八か月のとき、祖父が子ども用の切りやすい小さなハサミを買ってくれたが、なかなか練習してくれなかった。

どうしたらいいのだろうか。悩みながら一年が過ぎた。

作戦1 「一回チョッキン」してみよう〈三歳八か月〉

病院の先生に相談すると、「まずは、『一回チョッキン』ですね。細長い紙を用意して、その両端をお母さんが持ち、『チョッキン』と桃ちゃんに切り落とさせます。紙は少し厚めのもののほうが切りやすいですよ」とアドバイスしてくださった。

病院から帰宅後、すぐに言われたとおりしてみた。すると、ぎこちなかったがなんとか切り落とすことができた。

「すごいねー！」と褒めると、桃子はうれしそうに笑った。それ以後、ハサミを持つことを拒否することはなくなった。

作戦2 「桃子ルーム」を作ろう〈三歳九か月〉

せっかく桃子がやる気になったというのに、その邪魔をする人物が現れた。一歳半になった妹が何でも桃子の真似をするようになっており、当然ハサミもほしがるのである。これでは落ち着いてハサミの練習ができない。

私は「桃子ルーム」のことを思い出した。保育園のご配慮で、梅組の部屋には「桃子ルーム」があるのだ。それは、子ども一人が入って横になるともういっぱいになってしまうくらいの小さいテントで、桃子しか入らないことになっているらしい。パニックを起こしたときや落ち着きたいとき、疲れて機嫌が悪いときなどの桃子の駆け込み寺になっているようだ。

自宅の子ども部屋にも「桃子ルーム」を作ろう、と思った。しかし保育園のようなテントでは、妹が侵入してくるのは目に見えている。私は発想を逆転させて、今まで妹を入れていたベビーサークルを、桃子の部屋にすることにした。そのサークルは、私が洗濯物を干しにいくときなどに、目を離すと危険なので妹を入れていたが、最近はほとんど使っておらず、一時洋服かけに格下げになっていた。高さは約六十センチ、広さは畳半畳くらいである。

サークルの中に小さなテーブルと椅子を置き、「桃ちゃん、『桃子ルーム』ができたよ」と誘ってみた。桃子は喜んでサークルをまたいで、中に入った。これで、安心してハサミの練習ができるようになった。

作戦3 自分で紙を持って、「一回チョッキン」してみよう〈四歳0か月〉

だいぶ上手に切れるようになってきたので、今度は桃子自身が左手に紙を持ち、右手のハサミでチョッキンする、というのにチャレンジしてみた。最初は、「ママが（紙を）持つ」とブツブツ言っていたが、おだてながら左手に紙を持たせた。難なくチョッキン、と切り落とすことができたのでうれしかった。

病院の先生にも、「ハサミは、今がチャンス！　やる気になっているから」とおっしゃっていただいた。

作戦4 「続けてジョキジョキ」してみよう〈四歳三か月〉

「一回チョッキン」はマスターできたが、次のステップ「続けてジョキジョキ」にはなかなか進めない。一回ハサミを入れ、少し切ってまたすぐハサミを開く、ことができないのだ。私も切ってみて、「よく自分はこんな難しいことをしているなあ」と変な感心をしてしまった。

いつもは二センチくらいの細長い紙を、四センチくらいに長くしてみた。だが、「一回チョッキン」してから、手で引きちぎる桃子であった。

ところが四歳三か月を過ぎたとき、突然「続けてジョキジョキ」ができるようになった！　要領をつかんだのか、切るたびに上達していくのがわかった。

作戦5 しまじろうの真似をしてみよう〈四歳三か月〉

しまじろうのビデオと絵本が手に入った。桃子は大喜びで、毎日ビデオや絵本を見て、楽しむようになった。

ある日のビデオ視聴後、「しまじろうみたいにチョッキンペッタンしてみる」と言う。それからは、しまじろうの真似をして、紙を切り刻み、その後ノリで貼り付けるようになった。

せっかくだから、何か形に残るものを作ったほうがよいのではないか。そこで、保育園、支援センター、養護学校、の先生のお名前を作成することにした。桃子が紙を切る。私が書いた下書きの上に、桃子がノリで貼っていく。完成すると親子とも達成感があった。各先生方にプレゼントすると、たいへん喜んで受け取ってくださった。それも、桃子の励みになったようである。

手が汚れるのを嫌ってか、ノリを使うことも苦手であったが、そんなことはなくなった。一石二鳥である。

作戦6 線の上を切ってみよう〈四歳四か月〉

少しハードルをあげてもよいのではないかと考え、線の上を切るように仕向けた。最初はまっすぐ、次は斜め、少しだけ曲線、というふうに、少しずつ難易度をあげていった。桃子はおもしろがって切っていった。

作戦7 一日一回はハサミで遊んでみよう〈四歳五か月〉

先生方の名前も作り終わり、今度は何をさせようかと考えた。そんなとき本屋で、「きってみよう」（くもん出版　五百円）というドリルを見つけた。かわいい動物のイラストなどが描かれており、それを切って楽しくハサミの練習をする、というものであった。

対象年齢は「2、3歳から」となっていたが、桃子の現在のレベルはこのくらいだと考え、そのドリルを購入した。

プリントを一枚はがし、桃子に、「これ、チョッキンしてみる？」と聞くと、「してみる！」との答え。すぐにやってしまい、「もうちょっと切ってみる」と言う。

もう一枚与え、切った後、ごほうびシールをやると、たいへん喜んだ。

「もうちょっとする」と言ってきたが、私が、「今日はこれでおしまい。また明日して遊ぼう」と言うと、素直に、「うん」と答えた。

次の日からは、桃子のほうから、「ハサミ二個（二枚の意）してみる」と言ってくるようになった。継続は力なり。曲線もずいぶん上手に切ることができるようになってきた。ハサミを自由自在に操れる日が来るのも、そう遠くはない。

コラム　脳への刺激

支援センターからいただいた個別支援計画書を見ると、桃子の重点取り組み事項は、「前庭系・固有系をしっかり入れていく」となっている。何のことだかさっぱりわからない。

先生からのお話によると、桃子は、「感覚統合療法を必要とする子ども」なのだそうだ。感覚には、次の三つがあるらしい。

一つ目は、前庭覚である。これに何らかの問題があると、揺れ動く遊具や高いところを非常に怖がったり、誰かに動かされると恐れや不安、苦痛などを感じたりするようだ。いくら回転しても目が回らない、高いところや不安定なところを好む、などの特徴もあるらしい。公園の遊具なども三つ年下の妹は平気で登っているのに、桃子は怖がってできないものがある。桃子は恐がりなんだなあと思っていたが、原因は前庭覚なのか。また、桃子が椅子に持続して座っていられないのもこのためか。

二つ目は、固有覚である。これに問題があると、すぐ疲れてしまったり、力加減のコントロールが難しかったりするらしい。物をどのように操作してよいかわからず、衣服の着脱がうまくできないこともあるようだ。桃子が不器用なのは、この固有覚のせいなのか。

　三つ目は、触覚である。べたべたした感覚が苦手だったり、手をつなぐ、抱きしめられたりするのが苦手だったり、裸足で園庭を歩けなかったりするらしい。散髪や爪きり、耳かきを極端に嫌がる子どももいるようである。以前、桃子はスライムが苦手で、触るのを嫌がっていたが、この触覚に問題があったせいか。そういえば、爪きりも苦手であった。

「もし、感覚統合がうまく働かないと、感覚が洪水のように入ってきたり、逆に必要な情報が入ってこなくなったりして、脳が混乱している状態になるのです」と、先生はおっしゃった。

　我が家は旅行好きだ。旅行中、桃子は楽しそうにしているが、帰宅後、彼女は決まってパニックを起こす。これも、感覚統合と関係があるのだろうか。旅行中、いろいろなものを見聞きして、脳が混乱状態になっているのか。

　桃子はパニックで済んでいるが、同じ障がいのお友だちの中には、旅行後や何か行事があるたびに、熱を出す、倒れる、など体を壊してしまうお子さんもいると聞く。

　療育で桃子がしているのは、「感覚運動遊び」である。先ほどの前庭覚、固有覚、触覚を刺激する遊具で遊ぶのだ。ブランコのようなもの、はしご、ボールプールなどで、ただ楽しく遊んでいるだけのように見えるが、これが感覚統合療法らしい。脳へ刺激を与えているのだ。

桃子が感覚統合療法を始めて、もう二年以上たつ。結果が目に見えて出てきているのは、この本を読んでいただければよくわかっていただけると思う。

コラム

謎のメモについて

三歳五か月のときである。桃子がひらがなカルタの中から、四つ字を持ってきて、「は」「る」「や」「ま」と並べた。その日、家族で紳士服のはるやまに行ったので、そのことだと思われる。

また、その翌日、「も」「た」「ろ」と並べて得意になっていた。保育園で人形劇の「ももたろう」を見たらしい。

さらに一週間後、ひらがなカルタを並べながら、小さい声で、「あぶない、あぶない」と言っていた。何の言葉を作ったのか、後で私がこっそり見てみると、「あ」

「む（『ぶ』と書くべきところ）」「な」「い」「お」「ち」「る」という謎のメモが残されていた。

他にも、「も」「り」（森のことか？）や、「は」「れ」、「く」「も」「り」、「あ」「め」、「ゆ」「き」（天気のことか？）、「わ」「た」「す」（渡す？）など、様々な作文？ を書いている。支援センターのお友達の名前を作ることもある。

なぜ今その言葉を作ったのか、よくわからないことが多いが、桃子にとっては意味のある行動なのだろう。

コラム　なるほどねえ……と考えさせられる瞬間

桃子自身は真面目なのだが、思わず笑ってしまう瞬間、なるほど、こんなことが気になるのね、と考えさせられる瞬間が多々ある。例えば……。

1　「しょうぼうじどうしゃ　じぷた」という絵本に凝っており、日に何度も読んでいたころ。登場人物？ の中に「いちもくさん」という救急車が出てくるが、桃子はこの名前が納得できないらしい。

「『のっぽくん』『ぱんぷくん』『いちもくくん』ね！」とばかり言う。

他の登場人物？には、すべて「くん」がついているので、「いちもくさん」ではなく、「いちもくくん」ではないか、ということのようだ。私が、「『さん』がついても男の子のときもあるんよ。『ちびくろさんぼ』だって名前の中に『さん』があるけど、男の子じゃない？」と言うと、少しは納得した様子。〈三歳七か月〉

2　太宰府天満宮で。
「次は！（「次はどこに行くのか」という意味）」と聞くので、私が、「次は、本堂のお参り（保育園で月一程度ある）みたいなところに行くよ」と言うと、「ハイ」と納得。

本堂の前で、「桃ちゃん、自分でする」

私は少し嫌な予感もあったが、「どうぞ」

すると、桃子は手をあわせ大きな声で、「南無阿弥陀仏！　南無阿弥陀仏！　南無阿弥陀仏！　アッ！（お辞儀）……上手にできてえらい」

念のためもう一度書くが、ここは大宰府天満宮……。〈三歳八か月〉

3　写真を見せながら私が、「明日は水族館に行くよ。こんなふうに、お魚がおるんよ。あ、でも水族館のお魚は食べられんのよ」と言うと、即答、「お肉だけ食べる」〈三歳八か月〉

4　「キティちゃんは、口がない。鼻だけある。鼻でしゃべるん。ウサハナは、ちゃーんと鼻がついちょうのに、キティちゃんは何かね。ウフフフ」〈三歳十一か月〉

5　窓から外を見ていた桃子が、「善田さん（ご近所）家の女の子、出てきた」と報告。
　私が、「大人の人は『女の子』じゃあないよ。『子』は子どもだけ」と教えると、「善田さん家の女が、車乗りよる」〈三歳十一か月〉

6　政治に関心があるのか？
「小泉ソーダイジン（総理大臣、の意味）はー、誰かの人が持っていった。次は、安倍ソーダイジン。次はー、カメシズカ（亀井静香氏のことだと思われる）」〈四歳

0か月〉

7　自動ドアを見て、「これは、誰が開けるのでしょう」〈四歳一か月〉

8　夕食時、大小のトマトを三つ並べて、「お父さんトマト。お母さんトマト。子どもトマト」〈四歳二か月〉

9　寝る時。
「ママ、背中掻いて」と桃子が頼む。私が、「いいともいいとも。それより他、ママ何のためにここにおると思う？」と言うと、「ここにおる。桃ちゃんの右におる」〈四歳三か月〉

10　牛乳を飲みながら、「ぬくい牛乳は前。冷たい牛乳は後ろ」と言う。
レンジで二十秒くらいしか温めていないので、温かいところとそうでないところがあるのだろう。〈四歳四か月〉

11 二月が二十八日までしかないのが、気になって仕方がない。〈四歳五か月〉

12 突然、しみじみと、「四月三十日は、元気がないねえ」と言う。

どういうことかと思って、カレンダーを見ると、その日は振替休日なので、字の色がピンク色なのだ。日曜日は濃い赤で印刷してあるので、振替休日のピンク色が目立って見えるのだろう。

桃子はしばらくじっとカレンダーを見つめていたが、パッと顔を輝かせて、「そうだ！　こうしたらいいんだ！」と言って、赤いクレヨンと椅子を持ってきた。そして、「30」という数字を赤でなぞり、濃くしたのである。〈四歳六か月〉

13 「しらゆきひめ」を読んだ後、私が、「桃ちゃん、このりんご（毒りんご）、食べてもええんかねえ」と質問。

すると桃子は即答、「いけん」

内容が理解できているじゃないか、とうれしくなった私は、続けて質問。「何で食べちゃあいけんのと思う？」

すると桃子の答えは、「皮（りんごの皮のこと）、むいてないから」〈四歳六か月〉

14　明日は参観日なのでウキウキ。「いちかんび。にかんび。明日は、参観日。よんかんび。ごかんびは？」〈四歳八か月〉

15　朝起きると、声がガラガラになってしまっていた。私が、「あれ？　桃ちゃん、その声、どうしたん？」と聞くと、「魔女にあげてしまったから」と答える。
声を魔女にあげてしまった人魚姫の気分になっているらしい。〈四歳七か月〉

16　絵本「ひつじのむくむく」を読んだ後。私が、「なんでむくむくは、おおかみについて行ったらいけんの？」と質問。桃子の答えは、「うーん、やっぱりー、おじゃまになるから」〈四歳七か月〉

17　支援センターで大きなブランコに乗る。先生が、「よーし！　じゃあ桃ちゃん、このままこのブランコに乗ってディズニーランドに行こう！」とおっしゃったところ、桃子は真面目な顔をしてこう言ったらしい。
「違うよ。ディズニーランドには、飛行機で行くんだ」〈四歳九か月〉

18 「安倍総理辞めるって。何で？ 次は、小沢代表？」〈五歳0か月〉

19 「お母さん、大好き！」と言って桃子が抱きついてきたので、「ありがとう。お母さんも、桃ちゃんと藍ちゃんが大好き！……ねえ、桃ちゃん、もしお母さんがおらんくなったらどうする？」と聞いてみた。
すると「藍ちゃんと二人になる」と即答。引き算かい！〈五歳一か月〉
次はどんなことを言うか、本当に楽しみだ。

きちんと食べよう！
お食事タイムが楽しくなってきた

偏食編〈二歳十か月～四歳十か月〉

保育園に桃子を預けるようになったのは、彼女が一歳六か月のときのことだった。それから約一か月半、桃子を迎えに行ってくれたのは、祖父母である。理由は、「桃子が給食をほとんど食べない。まず、椅子にも座ろうとしない。心配なので、夕方まで預かることができない」と園から言われたためであった。当時、自閉症ということに気づかなかったので、ただ「慣れるのに時間がかかる子だな」くらいに思っていた。

それから一年以上たち、給食はなんとか食べることができる日も増えてきた。先生方の努力のおかげだ。自閉症と診断されてから、私は桃子の偏食を直さなければならないと真剣に考えだした。カレーならエスビー食品のものしか食べない子ども、米以外のものはいっさい食べない子どもなどがいることを、私は知っていた。

作戦1 なんとか、なんとか、なんとか、給食を食べてみよう〈二歳十か月〉

保育園の先生方は、根気強い。以下は、連絡帳に書いてくださった、桃子の給食時の様子である。

「今日は、見た目で給食が嫌だったようで、すぐに寝転がったり、ドアが開くと部屋から出ていってしまったり……。デザートがゼリーだったのでゼリーで誘ったりしましたが、なかなか食事をしようとしませんでした。それでもおかずやごはんの上に少しゼリーをのせると、食べてくれました。おみそ汁の中にかぼちゃとなすが入っており、かぼちゃを『オレンジよ』と言ってみたり、なすびを『メロンよ』とごまかしてみたりすると、すんなり口を開け、パクパク食べてくれました」

作戦2 交換条件を使ってみよう〈二歳十一か月〉

二歳十一か月になり、「桃ちゃんが〇〇してくれたら、△△してあげよう」という交換条件が、桃子に通じるようになってきた。

そこで、「ご飯を全部食べたら、ゼリーをあげるよ」などと言うと、がんばってご飯を食べるようになった。

一度こちらが折れたらおしまいだと思い、絶対に完食するまではデザートをやらないことにした。この作戦は、ほとんどうまくいった。今でも毎日のように使っている手である。

作戦3 給食では、緑の野菜も食べてみよう〈三歳四か月〉

三歳四か月のときの、保育園の参観日に行って驚いた。なんと桃子が、給食で出されたきゅうりを食べているではないか。それも先生から「食べましょう」と促されたのではなく、自分から食べている。

「緑、野菜、嫌だ！」と言っていた桃子が……。

成長したなあと感動して帰り、早速夕食にもきゅうりを出してみた。桃子は、食卓を一目見て、大声で叫んだ。「緑、野菜、嫌だ！」

……やっぱりね。

作戦4 給食では、海苔も食べてみよう〈三歳八か月〉

三歳八か月のときの参観日。家庭では絶対に食べない海苔を、桃子が食べているのを目撃した。海苔は、克服できたのだろうか。

その日の夕食におにぎりを作り、海苔で巻いて出してみた。桃子は、海苔をきれいにはがしておにぎりだけを食べ、一言、「黒いの、嫌なん」

……そうだよね。

作戦5 交換条件のバリエーションを増やしてみよう〈三歳十一か月〉

三歳十一か月のころ、食事時、なぜか桃子が立ち歩くようになってしまった。保育園でも、家庭でも、である。作戦2のデザートとの交換条件もうまくいかない。困った私は、他の交換条件を考えた。

「ああー、こんなに立ち歩いてご飯も食べんような子は、もうキティちゃんには会われんわー。ハーモニーランドにも行かれんね。ちょっとキティちゃんに電話しよう」

と言って、もっともらしくダイアルを回した。桃子はハッとして、急いで椅子に座り、なんとかご飯を食べだした。しかし、三分後、また立ち上がる。私が、「桃ちゃん、もうご飯食べられんの？　お腹いっぱい？」と聞くと、「お腹いっぱい」と答える。

そこで、「たいへん！　そんなにちょっぴりしか食べられんなんて、桃ちゃん、どこか悪いんじゃない？　心配だわー。今ならまだ病院が開いちょる。すぐ病院に行こう。行って注射してもらわんと」と私が大袈裟に言うと、あわててまた椅子に座ってくれた。なかなか椅子に座れない状態は、十日くらい続いた。どうしてこうなったのか、私にはよくわからない。

作戦6　コーンを克服しよう〈四歳三か月〉

コラム「魔法のカード」（一九四ページ）を参照されたい。桃子が、苦手なコーンを克服できた様子が書かれている。

作戦7　わかめの中に入っているひじきを食べてみよう〈四歳八か月〉

四歳八か月の時の参観日。桃子が、給食のひじきをきちんと食べているのを見た。なんだ、ちゃんと食べられるじゃないか。しかし、その日の夕食にひじきを出すと、「ひじき、嫌なん」と、言われかねない。

私は、わかめごはんの元の中に、ひじきを切って入れてみることにした。何も言わずに食卓に出したところ、桃子は黙ってわかめひじきご飯を食べた。作戦成功だ！

桃子が苦手なのは、ひょっとすると食べ物の味ではなくて、形や食感なのではないか、とこの時思った。

作戦8　苦手な食材は、形を変えて食べてみよう〈四歳八か月〉

コーン、豆、緑の野菜、などをいきなりパクパク食べるようにはなれないだろう。しかし、それらの食材の形が変わったら、食べられるのではないだろうか。

私は、コーンをすりつぶし、コーンスープを作ってみた。桃子は何も文句を言わず、それを飲んだ。

次に、桃子の大好きなハンバーグに野菜を混ぜて焼いてみた。そして、緑色が見えないように、ケチャップをたっぷりかけてやった。桃子の反応は、「お母さん、サービスで、もう一個ハンバーグください」と上々であった。

苦手な食材の味に慣れていけば、きっとコーンはコーン、野菜は野菜のそのままの形でも食べられるようになるにちがいない。

作戦9 コーン、緑の野菜とお友達になろう〈四歳十か月〉

ふと給食の献立表を見ると、「蒸しとうもろこし」と書いてあった。

「桃ちゃん、今日、給食に蒸しとうもろこしが出たん?」と聞くと、「出たよ」と答える。さらに私が、「蒸しとうもろこし、桃ちゃん、全部食べたん?」と質問すると、「全部食べたよ」と言う。

いつの間にか、この食材と友達になっていたらしい。

また、家庭でも、自分の皿に載っている分だけは、緑の野菜もきちんと食べることが多くなってきた。バンザイ! この調子でいけば、偏食もかなり直りそうだ。

箸編〈二歳八か月〜四歳五か月〉

桃子が二歳八か月だったある日、テレビをつけると、二歳の子どもが箸を上手に持って食事を取っていた。フォークやスプーンもろくに持つことができない桃子とは、えらい違いである。桃子が自閉症だと判明した直後ということもあり、私は焦った。

これからも日本で暮らしていくつもりなら、箸が持てるようにならなくては。

作戦1 箸を持ってみよう〈二歳八か月〉

まずは箸に関心を持たせようとして、食事時、箸を桃子の前に置いてみた。ところが箸を持って遊んでしまい、肝心の食事をろくに取らない有様であった。普段よりも行儀が悪い。箸があると逆効果であることが、一度の実験でよくわかった。作戦1は、完全に失敗であった。

作戦2 フォーク、スプーンをきちんと持ってみよう〈三歳六か月〉

保育園からのおたよりに、「個々の子どもさんの様子を見ながら、フォークから箸に移行していきたいと思います」という文面が載ったのは、桃子が三歳六か月のときだった。これからは給食の時、箸を持つ子がだんだん増えてくるだろう。そのうちフォークで食べるのは、桃子だけになるのだ。

私は、再び箸を桃子の前に置いてみた。しかし上手に持てるはずがない。無理に持たせようとして、桃子を怒らせてしまった。これでは、箸嫌いになるばかりである。

保育園の先生に助けを求めると、こういう答えであった。

「まず、フォーク、スプーンをきちんと持てるようにしましょう。鉛筆を持つように、三本の指で持って食べるようにします。桃ちゃんは三本の指だけでフォークを持つことができるようにはなっていますが、時々グーの手で握ってしまうことがあります。これでは無理に箸を持たせても、握り箸になってしまい意味がありません。お箸は一生使うものです。きちんと持てるようになるまで待ちましょう」

この言葉に、私は救われた。二歳で持てるようになろうが、五歳で持てるようになろうが、そんなことは小さなことのような気がしてきたのだ。ゆっくり、しかし着実に攻めていこう。そう思った。

以後、食事時に箸は出さないことにした。フォークなどを親指、ひとさし指、中指の三本で持つことに全神経を傾けた。

桃子も、「お父さん指とお母さん指とお兄さん指でぐらせてね」と言いながら、フォークを持つことが多くなった。多分、保育園の先生がそうおっしゃるのだと思う。

作戦3 練習あるのみ〈三歳八か月〉

二か月後、三本の指で持つ、というのは定着し、グーの手で持つほうが、珍しいくらいになってきた。定期的に行っている病院のカウンセリングでも、先生から、「箸に関しては焦ることはありません。保育園の先生がおっしゃるように、まずフォーク、スプーンを上手に持てるようになってから、箸に移行すべきです」とアドバイスしていただき、安心できた。

作戦4　「はじめてサポートおはし」を持ってみよう〈三歳九か月〉

ゆめタウンで「ベビーレーベル　はじめてサポートおはし」(編注　お箸の使い方を覚えるための補助具のついたお箸　コンビ　千五十円)を見つけた。購入し、桃子に使わせてみた。嫌がることなく持ったので、買ってよかった、と思った。

ところが、だいぶ上達したので補助具を一つ外してみたところ、桃子はパニックを起こしてしまった。あるべきものがないと、不安になるのだろう。補助具を一つずつ外していって、最終的には箸を一人で持つことができる、というのがウリの商品なのに、これでは意味がない。補助輪つきの自転車にいつまでも乗っているようなものである。このサポートおはしでは、発展しないことがわかり、使うのをやめた。

作戦5　「エジソンの箸」を持ってみよう〈四歳0か月〉

祖母が、「エジソンの箸」(ケイジェイシー)というしつけ箸を持ってきた。それは、親指、ひとさし指、中指が入るところに丸い輪がついており、開閉が容易にできる箸である。「何の練習もしなくても、お箸が上手に持てるようになります」のような夢のようなキャッチコピーまでついていた。価格は九百円くらいだったという。

桃子に見せると、嫌がらず、おもしろがって持った。ハンバーグやホットケーキなど、桃子の好きな食べ物を中心に、エジソンの箸を使って食べるように仕向けた。

作戦6 エジソンの箸だけで食べてみよう〈四歳二か月〉

エジソンの箸でかなり上手に食べられるようになってきたので、フォークやスプーンを出さないようにしてみた。

ところが、「ママ、フォークとスプーンがないです。忘れちょうです」と桃子。同一性の保持が、こんなところにも出ているのだ。

そこで、食事のときわざとフォークやスプーンを出さず、桃子が指摘したら出してやる、という作戦を取った。何日かは、「フォークとスプーン、忘れちょうよ」と言い続けたが、そのうち言わなくなった。エジソンの箸で上手に食べることができるようになってきた。

作戦7 保育園では、箸を持って食べてみよう〈四歳三か月〉

いよいよ保育園では、箸を持って食べ始めたという桃子。先生にお話を伺うと、予想通り悪戦苦闘の日々らしい。うまく持てずイライラしたり、握り箸になってしまったりしているようだ。

「今は、箸を持って食べているというだけで、◎としましょう」とおっしゃってくださる先生に、頭が下がる思いがした。

自宅でも普通の箸を出してみたが、「違うよ」と桃子。これまた、同一性の保持である。エジソンの箸を使う日が続いた。

作戦8 おばあちゃんの家では、箸を持って食べてみよう〈四歳四か月〉

祖父母宅に遊びに行き食事をとるとき、わざと箸だけを出してみた。すると、この家にはエジソンの箸はないと納得しているからなのか、ぎこちないがなんとか普通の箸だけで食事を取ることができた。

作戦9 自分で好きな箸を選んでみよう〈四歳五か月〉

あとはエジソンの箸との決別だけである。どうしたら別れられるのであろうか。祖母が、「持ちやすいと評判の子ども用の箸」を買ってきてくれたが、色が茶色だったためか、持ちたがらなかった。

それでは桃子のほしい箸を自分で選んだらいいのか、と考え、そのように実行してみた。桃子はキティちゃんの箸を選び、その日からエジソンの箸はいらなくなった。

作戦10 保育園と同じ箸で食べてみよう〈四歳五か月〉

桃子自身は気に入っているのだが、私はキティちゃんの箸が嫌だった。百円ショップで売られていただけのことはあり、つるつる滑って持ちにくそうである。

そんなとき、保育園からのおたよりの中に、箸のカタログが入っていた。桃子はカタログの写真を見て、「これ、保育園と同じ箸」と言う。給食事に使われている箸と同じものらしい。

「ほしい?」と私が聞くと、「ほしい!」との答え。そこで、その「箸匠　せいわ」が出している「幼児の手にあった理想のお箸　六角知能ばし　十五センチ　四歳用」を購入してみた。価格は五百円である。

現在その「理想のお箸」で食事をとっている。最近は、握り箸を見ることのほうが少なくなった。

これで、日本に永住できそうな気がしている。

おやつ編〈三歳四か月〜三歳八か月〉

保育園へ参観に行ったとき、桃子がお菓子の包みを開けられずに、先生に頼ってばかりいる姿を目撃した。自立させなければならない。お菓子なら、桃子も真剣に取り組むはずだ。結果として指先が器用になってくれたら、言うことはない。

@ゼリー、ヨーグルトの場合

私たちが、ゼリーやヨーグルトを開けたいときはどうするか。まず、左手でゼリー本体を押さえ、右手であけくちをひっぱる。このときの力の入れ方が、難しい。かなり強い力でひっぱっているのだ。まだ力の弱い桃子には無理である。

保育園では、手で開けられない子は歯でひっぱって開けるように指導されているらしい。桃子が開けようとするとき、「はい、噛んでー」と言いながら、あけくちのところをくわえているからそうなのだと思う。保育園の指導の発想はすばらしい。私一人なら、歯のことは思いつくまい。そうだ、歯だ、歯を使うのだ。

やる気のない桃子はすぐに、「ママー、開けるー」と頼んでくる。

最初はほんの少し、一センチくらいだけヨーグルトの蓋を開けてやり、「食べたかったら、続きは桃ちゃん自分でやってごらん」と言ってみた。

桃子は一生懸命、歯を使い、手を使い、服をどろどろに汚しながら格闘していた。ヨーグルトのほうが大きくて練習しやすいかなあ、と思っていたが、中身が飛び出してしまい、手がぬるぬるして失敗が多い。練習材料はゼリーに決定だ。

毎日夕食後のデザートとして、一つずつゼリーを与えた。練習開始から二か月後、私からのヒント？　がなくてももう開けられると判断し、「桃ちゃん、全部一人で開けてごらん」と言ってみた。

桃子は、「ママー、ちょっと開けて」と頼んできたが、「いいのよ。無理に食べなくても。開けられなかったら食べんでもええのよ」と突き放してみた。

すると、桃子は歯で上手にこじ開け、「♪しあげはお手手で～♪」と歌いながら、両手で蓋を開けることができた！　この日以降、ゼリーもヨーグルトも自分一人で開けることができるようになった。まだ歯も使っているが、そのうち手だけで開けられるようになるにちがいない。

@お菓子の包みの場合

個包装してあるお菓子などの包みも、桃子は苦手であった。すぐに私に助けを求めてくる。これではいけない。自分のことは自分でできるようになってほしい。何かよい練習材料はないだろうか。

グリーンコープのカタログの中にベビードーナツというのがあったので、早速注文してみた。それは、直径二センチほどの小さいドーナツが個包装されているというものであった。透明の袋に入っているので中身が見え、やる気も増すと考えた。

ゼリーなどと同様、最初は私が少し切れ目を入れておいてやった。慣れたところで、「自分で開けてごらん」と言うと、割と簡単に開けられるようになった。

三歳八か月になると、袋から全部出さずに食べて、「手が汚れん」と得意気に言うことも多くなった。これは私が教えたのではないので、きっと保育園のご指導に違いない。ありがたいことだ。

コラム　二粒のイチゴ

三歳七か月のときのこと。夕食時に私から、「イチゴ、好きなだけ食べてもいいよ」と言われた桃子は大喜び。山盛りになったイチゴを次から次へと食べていった。そして、空になった皿を持ち、いつも通り、「ごちそうさま」と流し台へ。

その時私は、テーブルの上に小さいイチゴが二粒置いてあることに気がついた。いつも夫が座る座席のところに置いてある。まだ帰宅していない夫のために、桃子が残しておいたものらしい。

帰ってきた夫にこの話をすると、彼はたいへん喜んで、大事そうにイチゴを食べた。甘い甘いイチゴだったという。

コラム

「そんなの関係ねえ！」

「桃ちゃん、ずいぶん成長していますね。今後の課題は、『お友だちを見る』ことでしょうね。いきなりお友だちと遊ぶようにはならないですよ。それは難しい。まずは、『お友だちを見る』ことが大切です。『お友だちを桃ちゃんの視野に入れる』ということでしょうかね」

支援センターの先生から、こんなアドバイスをいただいた。「お友だちを見る」……桃子には、かなりハードルの高い課題だ。

そんなある日、保育園から帰ってきた桃子が突然、片足を床にドンドン打ちつけ、同時に片手を上下にふりだしたので、私は仰天した。一体、何が始まったのか。

「そんなの関係ねえ！　そんなの関係ねえ！」

「エンタの神様」を毎週見ている私には、すぐわかった。お笑い芸人の小島よしおとかいう人の真似ではないだろうか。しかし、桃子はテレビで小島よしおを見たことはないはずだ。「エンタ」がある時間には、彼女はもう寝ている。

「桃ちゃん、それ、誰に習ったの？」私が聞くと、「男の子たちが、やりよった」と、ニヤリとして答えた。

その翌日。「欧米か!」と「アイムソーリー、ヒゲソーリー!」を覚えて帰ってきた。保育園の先生に伺ったところ、男の子たちと一緒に桃子が遊んでいる様子は見られない、とのことだった。つまり桃子は、「お友だちを見」ているらしいのだ。男の子たち、おもしろそうなことをやっているなあ、と思ってじっと観察しているのにちがいない。

さらに翌日。その日はお昼寝の時間に「欧米か!」と言って騒ぎ、他の園児さんが寝られないので、桃子は事務室に強制退場となったようである。家に帰る途中、そのことについて桃子に聞いてみると、「事務室に行ったのはだあれ?……アタシだよ!」と、いばって答えた。

本日の収穫はどうやら、にしおかすみこ、らしかった……。

友だちできるかな？

〈二歳十一か月～五歳一か月〉

自閉症は、コミュニケーションの障がいとも言われる。特に、同年齢との関係が難しいようだ。自分に調子をあわせてくれる大人や年上の子、または自分がリーダーシップをとりやすい年下の子どもとは、比較的に交流がしやすい自閉症の子どももいるようである。

桃子が自閉症とわかったとき、私は「友だちはできなくても仕方がない」と、最初から諦めてしまった。桃子に「同年齢の友だちを作れ」というのは、「車椅子の子どもに『立って走れ』と言う」のと同じだと考えたのだ。過干渉になって同級生に嫌われるより、人に無関心な自閉症としてひっそりとクラスに存在しているほうがよい、とも思った。同年齢の友だちができなくても、将来的には困らない、と必死に自分に言い聞かせた。私と夫だって、七歳も年が離れている。職場の同僚も、様々な年齢の人たちが集まっている。同じ年齢で輪切りにされているのは、学生の間までだ。無理をして、友だちを作る必要はない。現段階で、桃子は何とか大人とは関係が持てるのだから、それ以上は期待しないほうがよい。

だから私は、友だち作りに関しては、何もしかけを作らなかった。発達検査をしても、「対子ども関係」については、実年齢よりもいつも二歳くらい、下の数値が出たが、それについても何も気にならなかった。自閉症だから仕方がない、と思っていた。

ところが、うれしい誤算、というか、桃子にだんだんよい変化が現れてきたのだ。どう変わってきたか、以下に記す。

状態1 妹に関心を持つ〈二歳十一か月〉

妹が家にいることに慣れてきたのか、おしめをかえてくれようとしたり、「藍ちゃん、かわいいねえ」とにこにこして言ったりすることが多くなった。子どもに関心を持つ、というのはいいことだ、と思った。

状態2 保育園の友だちに挨拶できない〈三歳0か月〉

ホームワイドで、保育園のお友だちに偶然出会った。桃子は、挨拶できない。「わー！なんでこんなところに、たいちゃんがいるんだー？　保育園でしか会っちゃあいけん人なのにー！」多分、頭の中でこういうことを考えているのだろう。

帰宅してからも、「たいちゃん、ホームワイドにおった」と何度も言っていた。さらに、翌々週もホームワイドに行ったのだが、今度は、「たいちゃん、来る」と言って待っていた。今度は、ホームワイドでたいちゃんに会わなければならなくなった、らしい。

状態3 誘われれば応じる、時もある〈三歳一か月〉

病院の待合室で、初対面の女の子（四歳）から、「手をタッチしてみよう」と誘われた。どうするのかなあと思って黙って見ていたら、笑顔で、「タッチ」と言って、手をパチンとあわせた。

珍しい。こういうこともあるんだなあと感動した。

状態4 許可なく他の子どもが遊んでいるおもちゃを取り上げる〈三歳一か月〉

薬局の子ども広場で。さっきまで桃子が遊んでいたフワフワブロックを、男の子（八歳）が取っていってしまった。

桃子はすぐ追いかけていき、一言、「ちょうだい」

そして、男の子が、「いいよ」と言ってもいないうちから、ブロックを持ってきてしまう。

状態5 パンは見えているが、それをくれたお友だちの顔は見ていない〈三歳一か月〉

池で、四歳の男の子が、鯉にやるパンを桃子にわけてくれたが、パンだけを見ており、その子には無関心だった。お礼も言わなかった。

状態6 三歳児健康診断で偶然会った保育園のお友だちに挨拶できない〈三歳二か月〉

三歳児健康診断に行ってみると、偶然、保育園のお友だちも来ていた。「あ、桃ちゃん！」と話しかけてもらうが、無表情のまま。会うべきはずでないところで会ったので、混乱しているのだろう。

ところが、翌日の朝、突然、「かねさきたいき君、おったねー」と笑顔で私に報告に来る。一晩寝たら、状況の整理ができたらしい。

状態7 他の子どもに誘われても気づかない〈三歳二か月〉

芝生ソリに初挑戦。大喜び。

「もう一回滑る」と言って、再び山の上へ行く。三歳の男の子に、「ねえ、一緒に滑ろう」と誘われるが、完全無視。正確に言うと、無視したのではなく、気がつかなかったのだと思う。ソリを滑ることで、桃子はいっぱいいっぱいになってしまったのだろう。

状態8 お遊戯会で誰と一緒に踊るのかわからない〈三歳二か月〉

お遊戯会で何の曲を踊るのか聞いてみたところ、「『チャウチャウ』と『ね、ね、あのね』」とすぐに返事が返ってきた。

ところが私が、「誰と一緒に踊るの？　お友だちは？」とたずねても、黙ってにこにこしているだけである。

「踊るとき、桃ちゃんの右側には誰がおるん？」

我ながらいい質問だと思ったが、桃子は何も話さなかった。話せなかったのだと思う。

状態9　一週間たっても、お遊戯会で誰と一緒に踊るのかわからない〈三歳二か月〉

「お遊戯会、何ていう曲で踊るの？」と聞くと、「『ね、ね、あのね』」と即答。だが、何日たっても誰と一緒に踊るのか、桃子から答えが聞き出せない。

「誰と一緒に踊るの？　ねえねえ、なすゆりなちゃん？　かねさきたいき君？」と、具体的にお友だちの名前を挙げてみた。ところが桃子の答えは、「ひかきひなた君。ひかきさくらちゃん。……」

以下、桜組のお友だち、十七人全員の名前を言った。十七人で踊るという報告は、先生から受けていないのだが。

状態10　お友だちに「バイバイ！」が言えない〈三歳三か月〉

保育園からの帰り道。たまたま迎えの時間が一緒になった、かわさきりくお君が、「桃ちゃん、手をつないであそこまで行こう！」と言ってくれた。桃子は手をつながれるのを嫌がりはしないが、無反応のように見えた。

「桃ちゃん！　バイバイ！　また明日ね！」と声をかけられても、返事もしなかった。

状態11　初対面のお友だちに話しかけたそうにする〈三歳四か月〉

薬局の子ども広場で。七歳くらいの男の子が、チラチラこちらの遊具を見ている。それに気がついた桃子、私に向かって、「お兄ちゃん入る。靴脱いで」

私が、「『お兄ちゃん、一緒に遊ぼう』って言ってきたら？」と言うと、桃子は男の子のほうに行き、「『お兄ちゃん、一緒に遊ぼう』」

状態12　保育園では、同年齢のお友だちと関わる様子はない〈三歳四か月〉

保育園の参観日。先生にお話を伺う。

「お友だちと積極的に関わる様子は、今のところ見られません。しかし、トラブルを起こす様子もありません。年長のお姉さんに遊んでもらうことはあります」……という感じらしい。

状態13 リズム発表会の休み時間に、お友だちとふれあう〈三歳五か月〉

リズム発表会の休み時間。かわさきりくお君が、「桃ちゃん！」と言って、桃子のほっぺたを触ってきた。桃子は喜んで笑っていた。

状態14 妹と遊んでやる〈三歳五か月〉

私がトイレから戻ってくると、桃子と妹の笑い声が聞こえた。桃子が、「いないいないばあ」をしてやっており、妹がキャハキャハ笑っていたのだ。

状態15 保育園で遊ぶ人は、先生〈三歳五か月〉

養護学校での療育を終えて、そのまま保育園へ。園庭で遊んでいる子どもたちの声が聞こえてくる。桃子は、興奮して、「遊ぶ！　桃ちゃん、遊ぶ！」

「誰と遊ぶん？　桃ちゃん」と私が聞くと、「先生と遊ぶ！」

状態16　妹によく絡む〈三歳六か月〉

三歳六か月を過ぎたあたりから、妹に絡んでいる様子がよく見られるようになってきた。例えば、朝起きるとすぐ、「藍ちゃーん、おはよう！」と言って妹に触るなど。

状態17　初対面の女の子に遊んでもらう〈三歳六か月〉

薬局の子ども広場で。初対面の女の子（四歳）と出会う。しかし、子ども同士で遊ぶのは難しい。女の子が、「桃ちゃん、ライオンに一緒に乗らない？」と言っても、ただにこにこしているだけ。

私が、「桃ちゃん、お姉ちゃんと一緒にライオンに乗ってみたら？」と言うまで動かない。

さらに女の子が、「桃ちゃん、これ、メルちゃんの布団にしない？」と言って、ブロックをメルちゃんの上に置いたときも、桃子はすぐにそのブロックを取り上げて自分のお城を作るのに使用してしまう。女の子、がっかり。

そして女の子が、「あ、ママ来た！ じゃあ、桃ちゃん、バイバーイ！」と手を振ったときも、桃子の返事は、「お姉ちゃーん！ 今日は、楽しかったですかー？」

「ＮＨＫのおかあさんといっしょ」のコンサートのラストで、お兄さん、お姉さんが、「みんなー！ 今日は、楽しかったですかー？」と言う。その口調そのものだった。

状態18 お友だちの誘いに気づかない〈三歳六か月〉

ショッピングセンターの子ども広場で。三歳の女の子が、桃子の入っているおもちゃの家を覗き込んで、声をかけてきた。「ねえ、ここ入っていい？」

桃子は、「いいよ」と言って、すぐに家から出てきた。

女の子が慌てて、「あ！ ええんよ。そのまま入っちょっても。一緒に遊ぼう」と言ってくれているが、桃子の耳には届いていない様子。順番を代わってくれと言われたと思ったのだろうか。

状態19 妹に向かって、感情を込めて語りかける〈三歳七か月〉

このころの桃子の言葉はまだまだ平坦で、抑揚があまりついていないことが多かった。ところが、妹に対して語りかけるときだけ、とても感情が入っているので驚いた。

例えば、「ダーダー」となにやら言っている妹を見ながら、「藍ちゃん、ホント、巻き毛。巻き毛でもいいの。藍ちゃんはー、かわいいからー、巻き毛でも許されるの。ね、わかるね、藍」

妹が泣いているときには、「藍ちゃん、ホント、甘ったれとる。甘ったれてもいいの。藍ちゃんはー、かわいいからー、甘ったれても許されるの。ね、わかるね、藍」

抑揚のついた言い方だが、私の口真似らしい。構文がすべて似ているので、それがわかる。

状態20 妹に咳の仕方を指導する〈三歳七か月〉

妹が咳をすると、「藍ちゃん、こう（自分の両手を前に出し、口の前にあてて）せんにゃあ」と指導して、大得意。

状態21 保育園を退園してしまったお友だちのことを気にする〈三歳八か月〉

「おおかわまほちゃんとかわたあやちゃん、お休み」と毎日言う。二人とも、保育園を退園してしまったお友だちだ。なかなか園に来ないのが気になるらしい。桃子の頭のコンピューターは、「上書き」はできても「消去」ができないのではないだろうか。つまり、新しいお友達が入園してくるのは理解できても、今までいたお友だちがもう園に来ないという状況は理解できないのだろう。

状態22 保育園で遊ぶ人は、やはり先生〈三歳八か月〉

保育園から帰る道で、私が、「今日、保育園で何した？」と聞くと、「園庭で遊んだ」と答えた。

「誰と遊んだん？」と質問すると、「小林先生」

「成田先生とは遊ばんの？」という問いには、「遊ぶ」

だが、「かわさきりくお君とは遊ばんの？」と聞くと、「遊ばん」

保育園で遊ぶ人は、やはり先生なのだ。

状態23 近所の小学生が遊んでいるのを観察に行く〈三歳九か月〉

近所の小学生がボールで遊んでいるのを見て、突然、「お友だちのところ（別にお友だちではない。顔見知り程度）行ってくる」と行ってかけていった。しばらくボール遊びを観察し、帰ってきた。小学生が気になったのか、ボールが気になったのか、それはよくわからない。

状態24 だいち兄ちゃんとよしこお姉さんに遊んでもらう〈三歳十か月〉

お隣のだいち兄ちゃん（年長）とよしこお姉さん（小学校三年生）に遊んでもらい、大喜び。途中から子どもだけにして、私はこっそり退散。すると窓から、なにやら怪しげな会話が聞こえてきた。

「桃ちゃんも小月保育園でしょ。僕も。僕、松組。桃ちゃんは？」

だいち兄ちゃんの声である。

「桃は梅組。……裸足じゃない？　ウフフ……」

桃子が答えている。会話のキャッチボールができているではないか。

「僕の靴は今、洗っちょる。桃ちゃん、前に乗り。僕、後ろ、押しちゃるけえ」とだいち兄ちゃん。桃子は、「桃は前」と言って、三輪車に乗ったらしい。

状態25　初対面のお友だちに話しかける〈三歳十一か月〉

ホームワイドにて。ペットのコーナーに犬を見に行くと、そこに女の子（七歳）がいた。なぜか、桃子は興奮。私に向かって、「お友だち（別にお友だちではない。初対面）に、『こんにちは』言って来る！」とはりきって言うので、「どうぞ」と私が許可すると、桃子は女の子のところに走って行って、「こんにちはー！」

必要以上に大きな声だった。女の子は、ちょっとびっくりしたようだ。「?……こんにちは」それでも、返事をしてくれた。

二人は並んで、しばらく黙って犬を見ていた。女の子が桃子に、「私、犬大好きなんよ。犬、好き？」とたずねてくれたが、桃子は、「お友だち、しゃべっちょう！」と大喜びして、私に報告してしまった。

女の子は、怪訝そうな様子になり、その後、会話が続くことはなく、残念であった。桃子が返しやすい玉を投げてくれる大人とは違い、子ども同士の会話というのはたいへん難しい。しかし、桃子が他の子どもに関心を持っただけでも◎としなければなるまい。

状態26 同年齢のお友だちに話しかける〈四歳0か月〉

ゆめタウンの子ども広場で。同年齢の女の子に突然話しかける。「ああそう、うさぎのゴム、結んできたのー」

女の子は、かわいいうさぎのゴムを髪に結んでおり、そのゴムが桃子の心を躍らせたらしい。言い方に感情は込もってはいたが、完全に大人が子どもに向かって言うときのトーンだった。桃子が唐突に話しかけたこと、言い方が変だったこと、などからだろう、女の子は何も答えずに、その場から離れていった。

状態27 お遊戯会で誰と一緒に踊るのか、理解している〈四歳一か月〉

保育園から帰ってきた桃子が、私に報告。「『ルンルンシャポー』、桃ちゃん踊る」

私が、「お遊戯会の曲？　決まったん？」と聞くと、「決まったのよ」と答える。

私は、「誰と一緒に踊るん？」と聞いてみた（同じ質問を昨年もしたが、ついにお遊戯会当日でも、桃子の口から、お友だちの名前が出てくることはなかった）。

「あのねえ、ことちゃんとはなちゃん」

今年は、すぐに答えが返ってきた！　踊りだけでなく、メンバーもある程度は視野に入っているらしい。

状態28 保育園のお友だちの輪に入る〈四歳二か月〉

保育園からのお便り。

「最近、お友だちの輪の中に入って遊んでいる姿をよく見ます。今日も、まこちゃんとほっぺの触りあいこをして笑っていました」

読んでうれしくなった私は、桃子に、「今日、まこちゃんと遊んだん？」と聞いてみたが、返事はなかった。

状態29 お遊戯会でだれがお休みしたか、気がついている〈四歳二か月〉

待ちに待ったお遊戯会。幕が開いた瞬間から、桃子は浮かれ状態。勝手に、「ヤッホー！」と声を出す始末である……。こんな目立ちたがり屋の自閉ちゃんに、私は出会ったことがない。

帰宅後、桃子はこんな感想を言った。

「三人休みやった。たいちゃん、はるみちゃん、ひな君」

お友だちの名前が桃子の口から出てくるのはたいへん珍しいことなので、私はびっくりした。

「そうなん。三人もお休みやったん。三人休みで、寂しかった？　寂しくなかった？どうやった？」と聞いてみたが、桃子の答えは、「どう」

出た！　おうむがえしである。私は、質問を変えてみた。「三人お休みで、寂しかった？寂しくなかった？　どっち？」

「おたふく」

すぐに、短い答えが返ってきた。たしかに、三人とも「おたふく風邪」にかかったと聞いていたけれど……。

状態30 保育園のお友だちとふれあう〈四歳二か月〉

保育園でおもちつきがあったので、家族全員で出かけた。その時、私は他の園児さんと桃子がふれあうシーンを多数目撃して驚いた。

・**シーン1**　桃子が、「たいちゃーん！　○△□※」とたいちゃんに絡むと、たいちゃんはふざけて桃子を蹴るふり。桃子は、大喜びしていた。
・**シーン2**　りくおくんとたいちゃんがじゃれあっている。桃子も中に入っていって、一緒にじゃれあう。
・**シーン3**　桃子が、「あ！　たなかはなちゃんがおる！」と声を出すと、はなちゃんは、「桃ちゃん！　一緒にビデオ見よう」と言って、二人で並んで座る。ビデオ後、二人でほっぺたを触りあって笑う。

夢のようなシーンの数々であった。そんなことが起こっていいのだろうか。

状態31 保育園のお友だちをたたいたり、蹴ったりする〈四歳三か月〉

旅行明け、久しぶりに保育園へ。テンションは異様に高く、お友だちをたたいたり、蹴ったりもしたらしい。先生の注意や指示も、なかなか心に届きにくかったようだ。お友だちと少しは関わるようになったのはよいが、これでは嫌われてしまうのではないかと心配になった。

状態32 ままごとのコーナーにいるだけ〈四歳四か月〉

保育園の参観日。コーナー遊びの時間、ままごとの場所にはいるが、他の子どもたちとは関わらず、基本的には一人で道具を使って遊んでいる。ままごとコーナーにいるだけいいいか、と思った。

状態33　お友だちと会話にならない〈四歳四か月〉

ホームワイドのペットコーナーで、保育園のお友だち、まみちゃんに偶然会う。「あ！桃ちゃん！」

まみちゃんが声をかけてくれるが、桃子は、「保育園のお友だち、一人おりました」と私に言うのみ。にこっとして言ったのが救いであった。会えてうれしいのはうれしいらしい。

まみちゃんが、手を出して、「私、指輪しちょるんよ」と見せてくれたが、桃子はそれについては無反応で、「金魚、ここにいっぱいおります」

子どもたちだけでは、全く会話にならない。しかし、保育園のお友だちと園以外で会っても、混乱することはなくなった。それは進歩にちがいない。

まみちゃんと別れた後、桃子が、「なんで保育園のお友だち、ホームワイドに来ちょうの」と言うので、私は説明した。

「桃ちゃん、昨日はどこに行った？」

「保育園」

「今日、どこに来ちょうの？　今おる、ここは何というお店？」

「ホームワイド」

「何で、ホームワイドに来たん？　何するため？」

「犬、見る」

「そうじゃろう？　まみちゃんも今日、犬見に来たくなったんじゃないかな。保育園のお友だちに、保育園じゃないところで会うこともあります。今日みたいにホームワイドで会うこともあるん。桃ちゃんも、昨日は保育園に行って、今日はホームワイド。毎日行くところが違うん。わかる？」

「……ハイ」

「明日もお休みじゃけど、どこか行きたいところある？　今日はホームワイドに行ったけえ、違うところに行こ」

「ゆめタウン。子ども広場遊ぶ」

「ええよ。明日、ゆめタウンに行きましょう。子ども広場に行ったら、保育園のお友だちにも会えるかもしれんよ」

「会える」

「いや、会えるかもしれん。会えんかもしれん」

翌日、約束通り、ゆめタウンに行った。実際に保育園のお友だちにも何人か出会ったのだが、桃子がパニックになることはなかった。……自分から挨拶はできなかったけれど。

状態34 お友だちと同じ髪型にしたがる〈四歳四か月〉

髪を結んでやるとき、桃子が、「お友だちみたいなゴムして」と言ったのでびっくりした。

「お友だちって誰？」と私が聞くと、「ことちゃん」と答える。

そこで、「ことちゃんみたいな髪型にしたいん？」と確認したところ、「うん」

お友だちの髪型を見て、憧れたらしい。桃子の瞳に、お友だちが映りだしたということなのか。

状態35 だいち兄ちゃん、よしこお姉さんとよく遊んでもらう〈四歳五か月〉

お隣のだいち兄ちゃん（年長）とよしこお姉さん（小学校三年生）が外で遊んでいる

と、桃子も家から飛び出して行く。しょっちゅう遊んでもらうようになった。

状態36 **保育園のお友だちをたたく。蹴る。踏みつける**〈四歳五か月〉

保育園でも、お友だちと遊ぶことが多くなったという桃子。ところが、気に入らないことがあると、お友だちをたたいたり、蹴ったり、さらには踏んだりするようにもなっているらしい。どう指導すべきか、先生もお悩みのようだ。

状態37 **妹を膝に乗せ、絵本を読んでやる**〈四歳五か月〉

私が洗濯物を干し終えて戻ってくると、桃子が絵本を読んでいる声が聞こえた。見ると、桃子の膝に妹がチョコンと座っている。ほほえましい光景だった。

状態38 **妹にわざと負けてやる**〈四歳六か月〉

妹と相撲をとる。桃子はわざと負けてやっていた。こんな気遣いができるようになったのかと感心した。

状態39 お友だちと遊ぶ約束をする〈四歳六か月〉

春休み。だいち兄ちゃんたちに、ほぼ毎日遊んでもらっていた。遊んでもらう時間は、最初は十分程度だったのだが、このころになると二時間近くと、ずいぶん長くなっていた。私はなるべく子どもたちの間に入らず、窓からそっと観察。別れ際、だいち兄ちゃんがこう言っているのが聞こえてきた。

「桃ちゃん、明日も遊ぼうよ」

桃子は、「うん。三十一日も遊ぼう」と答えている。

だいち君は、「そうしよう。明日も遊ぼう。……明日もボールで遊ぼう。じゃあ、バイバーイ！」

桃子も、「バイバーイ！」

桃子は、本当に楽しそうに笑って戻ってきた。悔しいが、私と遊ぶときにはこんな笑い方はしない。

状態40 「仲間入らせて」と言う〈四歳六か月〉

新学期になって三日目。まだまだ新クラスに慣れず、ウロウロすることもあるらしい。遊ぶとき、ままごとのコーナーに行き、「仲間入らせて」と言って、雰囲気を楽しんでいたようだ。一緒に遊ぶという感じにはならなかったのが残念。

状態41 妹とよく遊ぶ〈四歳七か月〉

妹も一歳九か月になり、二人でよく遊ぶようになった。三十分くらい二人だけで遊ぶことも多くなった。遊ぶ、と言っても、桃子が読んでいる絵本などに、妹が手を出し横取りする、という感じだが。取られても、桃子はほとんど怒ることはない。自分が譲る場面が多いので、ほとんどけんかにならない。これがいいことなのかどうなのか、私にはわからないけれど。

状態42 保育園でお友だちと遊んだことを私に話す〈四歳七か月〉

「今日、こうちゃんと遊んだ」

帰宅後、桃子のほうから私に報告してきた。私が一瞬誰のことだかわからず、「こうちゃん？」と言うと、「ふじむらこうた君。こうた君は、『こうちゃん』って呼んでもいいんだ」と答えた。

「こうちゃんと何して遊んだ？」と聞いてみると、「鉄棒。スクーターボードもした」

お友だちと遊べるようになったではないか。私はうれしくなり、翌日もたずねたが、桃子の返事はなかった。

状態43 お友だちに怪我をさせてしまう〈四歳七か月〉

あなたが学生で、数学が苦手だったとする。

「ああ、今日の授業、数学がある。嫌だなあ。数学、ないほうがいいなあ」と口に出して言った途端に、殴られる。どんな気がするだろうか。

桃子がパニックを起こしてお友だちに怪我をさせてしまったのは、四歳七か月のときのことである。お友だちの紅葉ちゃんをたたき、その結果、紅葉ちゃんは倒れて鼻血が出てしまった。保育園の先生は、帰り際に、その状況を説明してくださった後、「なぜ、そんな行動に出てしまったのか、桃ちゃんの気持ちを聞こうとしましたが、パニックになっているようで、原因がよくわかりませんでした。お家に帰ってから聞いてみていただけませんか」とおっしゃった。そこで帰宅後、桃子に何度も話を聞こうとしたが、「紅葉ちゃん、英語教室嫌いなんやって。発育測定なかった」と繰り返すばかりであった。

その二つの言葉をヒントに、私は推理してみた。

桃子は、行事予定表を見て、「今日は、発育測定と英語教室がある」と思って登園した。ところが、発育測定がなかった。それでは、楽しみにしている英語教室（月に二回、保育園である）もないのかもしれない。不安に思っているところに、たまたま紅葉ちゃんが、「私、英語教室、嫌だなあ」と言っている声が聞こえてきた。それでパニックになり、最後の引き金をひいた紅葉ちゃんを襲った。……こういうことではないかと思った。

保育園の先生に私の推理をお話すると、「急に発育測定を中止にし、それについて何も説明せず、いけなかったですねえ。これからは、どんな小さなことでも、変更については言いますから」としきりに反省されていたが、普通そんなことで子どもがパニックになるとは考えつかない。

また、「英語教室、嫌だなあ」と個人の感想を素直に言っただけなのに、いきなり殴られたお友だちはたまったものではない。本当に申し訳なかった。

私の脳裏に、ある新聞の記事がちらついた。歯科医を父に持つその青年は、「おとなしく」、「手がかからず」、「妹とけんかをしても自分が譲る」子どもだった。ところがある日、妹に言われた言葉にカッとなり、妹を殺害して、遺体を切断してしまうという事件を起こした。その青年には、「発達上の障がい」があり、犯行時、「パニック状態」であったという。

状態44 お友だちが声をかけてくれる〈四歳八か月〉

保育園でへちまを植えた。桃子は全然やる気がなかったが、お友だちがそれに気がついて、「桃ちゃん、（作業を）やろうやー」などと、積極的に関わってくれたらしい。それに対して桃子は、笑顔で応え、嫌がることはなかったようだ。

状態45　大人に向かってどんどん話しかける〈四歳八か月〉

保育園の先生に、自分から話をすることが多くなったそうだ。言いたいことがいっぱいあって、体中パンパンになっているらしい。

保育園の先生に限らず、スーパーでたまたま会った初対面のおばさんにまで、話しかけることもあるが、いいのだろうか。今は小さいので許してもらえるが、大人になってからもそういうことをすると、白い目で見られるのではないだろうか。今のうちに「知らない人には話しかけてはいけません」と、矯正したほうがいいのか。でも、せっかく話す気になっているのに、扉を閉ざすのは、もったいない。

支援センターの先生に相談すると、「今はまだ、大丈夫です。どんどん話しかけていっていいと思います。もう少し大きくなってから、よく説明してあげたら、見ず知らずの人に話しかけることはなくなると思います。桃ちゃんには理解力があるので、『こういうときは話をしてもいいけど、こういうときは駄目』と丁寧に説明してあげたら、きっとわかってくれますよ。今すぐ矯正しなくていいです」とアドバイスいただき、安心した。

状態46 お友だちの言葉が耳に入らない〈四歳八か月〉

保育園の遠足で、若松グリーンパークに行った。遊具で遊び、桃子は大満足。はなちゃんが、「桃ちゃん、一緒にすべりだいしようよ」と誘ってくれたが、桃子の耳にはそれが届かず、結果的に無視したようになってしまった。

はなちゃんは、ちょっとムッとしたようだった。

状態47 お友だちと会話している？〈四歳九か月〉

「ちいちゃん、赤い体操服、持ってないんじゃって」と桃子が言った。ちいちゃんは、保育園のお友だちだ。

「そうなん。ちいちゃん、赤い体操服持ってないって？　ちいちゃんが、そう言ったん？」と私が聞くと、「うん。緑（緑色の体操服）だけ」と答える。お友だちと二人だけで、おしゃべりしたのであろうか。

状態48　やっぱり、お友だちと会話している？〈四歳十か月〉

「なこちゃん、一人でゴム結べるんじゃって」と桃子が言った。また、保育園のお友だちの名前が、桃子の口から出てきた。先生が間に入ってくださらなくても、お友だちと会話ができているのだろうか。

状態49　仲間意識が芽生える？〈四歳十か月〉

今日の桃子はハイテンションで、昼寝のときも大声で騒ぎ、他の園児さんたちに迷惑をかけたらしい。かな君とかけあいのように会話をし続け、とうとう二人は竹組の部屋を出て、事務室待機になってしまったようだ。

「『いけないことはいけない』とよくお話しました。……でもね、かな君と仲間意識が芽生えたっていうんでしょうか。その点では成長していますよね。事務室に行ってからも、二人で楽しそうに会話していました」と先生。

状態50 初対面の男の子とも、会話のキャッチボールができる〈四歳十か月〉

日曜日、図書館に行った。男の子が、「おばさん。この子、今どこかのおじさんとぶつかってこけたよ」と、妹を連れてきてくれた。

「ありがとう。……僕、何歳？」と私が聞くと、男の子は、「五歳」と答える。

すると、横でその話を聞いていた桃子が、「何月生まれ？」と、自分から男の子に話しかけた！

「十二月」と男の子。

「お母さん、十二月じゃって」

桃子は私に報告した後、続けて男の子に向かって、「私、九月。藍ちゃんは六月。

……ウフフ、なんで男なのにピンクの（ピンク色の服）着ちょうの」

「ピンクも青も入っちょうじゃー。ここ、青色もあるよ」

「私、青（この日、桃子は青い服を着ていた）。ブルーじゃけえ。私、青色が好き

……」

「ワタシ藍ちゃん。お金払う」

おいおいおいおい。せっかく会話のキャッチボールができつつあったのに、ここで妹が割り込み、話が終わってしまった。覚えたての言葉を一生懸命並べているところからみると、妹も仲間に入れてほしかったらしい。

状態51 私にことわって、お友だちのところに遊びに行く〈四歳十一か月〉

夏休みである。このところ毎日のように、お隣のだいち兄ちゃん（小学校一年生）とよしこお姉さん（小学校四年生）に遊んでもらっている。ある日、桃子が保育園から帰ってくるとすぐに、ピンポンが鳴った。

「桃ちゃーん、遊ぼうよー！」

だいち兄ちゃんの声がする。なんと、今日は誘いに来てくれたらしい。

「ハーイ！」

桃子は私を見、「だいち兄ちゃんとよっちゃんと遊ぶ」と言って、大急ぎで靴を履いて外に出て行った。

私はとてもうれしかった。誘いに来てくれたということは、「遊んであげる」のではなく、「対等な立場で遊ぶ」相手として、桃子がとらえられていると感じたからだ。

最近した何かの検査に、「親にことわって友だちの家に遊びに行くか？」という質問があった。私はそれに×をつけ、この項目に○をつけることは一生ないだろうと苦笑した。しかし、今日すでにクリアできたのではないだろうか。

状態52 妹とままごとをする〈五歳一か月〉

妹が二歳四か月になったこともあり、姉妹だけで三十分近く遊べるようになってきた。以下のように会話も続く。

桃子「藍ちゃん、おかあさんごっこしようよ」
妹「うん、いいよ」
桃子「じゃあ、私がおねえちゃんね。藍ちゃんは、おかあさん。いい？」
妹「いいよ」
桃子「じゃあ、おかあさん、ご飯作って」
妹「うん。藍ちゃん、ご飯作るわ。……アチチチ、けがしちゃったー。たいへーん！」
桃子「薬塗ってあげるけえ、大丈夫。お熱も測りましょう。……あー、ちょっとお熱ありますねえ」

妹「ケホケホ」
桃子「注射しときましょう」
妹「えーん。こわいよー」
桃子「大丈夫。チク！」

状態53 自分からお友だちに話しかけてみる〈五歳一か月〉

保育園からの帰り、玄関で、たまたまゆりなちゃんと一緒になった。ゆりなちゃんが、「桃ちゃん、バイバイ！」と言うと、桃子は、「バイバイ！」と手をふった後、もう一つ自分で付け加えた。「歩いて帰るん？」

今までも「バイバイ！」くらいは言えていたが、「歩いて帰るん？」などと言ったことはなかった。しかも、自然な感じがよいではないか。

ゆりなちゃんの答えは、「ううん。車」というものであった。桃子は、「お母さん、車だって」と私に向かって言った。そして、ゆりなちゃんがもう一度、「桃ちゃん、バイバイ！」と言ってくれたのだが、全然返事をしない。私に促され、ハッとした様子で、「ゆりなちゃん、バイバイ！」

私に「車だって」と報告した後、ゆりなちゃんが視野に入らなくなってしまったのが惜しい！

状態54 お友だちと集団遊びを楽しむ〈五歳二か月〉

保育園の先生のお話によると、桃子は集団で遊ぶグループに入りたがることが多くなってきているらしい。はないちもんめ等、お友だちと楽しむことができるようになったそうだ。

グループに入れてほしいとうまく伝えられないためか最初は、「先生も一緒に行こう」と誘うようだが、途中で先生がそっと抜けてもそのまま子ども同士で遊んでいる、とのことだった。その姿をいつかこっそり見てみたいものだ！

自閉症は、治ることのない障がいである。桃子のコミュニケーションのとり方は、生涯、歪《いびつ》だろう。同年齢の子と対等に会話できるようになるとは、今でも思わない。しかし、多少不器用でも、現段階でここまできていれば上出来なのではないだろうか。私が何のしかけも作らなかったのに、ここまで来ることができたのは、保育園の先生、お友だちなど、他のみなさんのおかげである。どうも、ありがとうございます!

コラム　魔法のカード

四歳三か月のときである。保育園に迎えに行くと、先生が、「今日、桃ちゃんがコーンご飯を全部食べてくれたんですよ」とおっしゃる。桃子はコーンや豆が大嫌いで（どうやら丸く存在感のある形が嫌らしい）、潰したり他のものと混ぜてごまかしたりしてやっと摂取させている。

「『コーン　プチプチ　おいしいよ。ぜんぶたべます』と紙に書いてみせたら、全部残さず食べたんですよ」と先生。びっくりである。

さらに翌日。

「うまく箸が持てず、すぐ助けを求めてくるので、『じぶんで　はしをもちます』と紙に書いてみせたら、素直に箸を持ってなんとか自分で食べました」と先生がおっしゃる。その後、先生は桃子用にカードを何枚か作ってくださった。「やさいぜんぶたべます」や「トイレにいきます」などの言葉が書かれていた。それらを見せて説明していただくと、指示が通ることが多いらしい。魔法のカードだ。

自宅でも実験してみることにした。私は「あした　あさ　おきたら　つめをきります」と紙に書き、壁に貼ってから桃子に言った。

「明日朝起きたら爪を切るけえね。約束しようね」

桃子は、「はい」と言ってうなずいた。そして翌日、本当に切ることに成功したのだ！　二歳を過ぎたあたりから、桃子は爪を切らせてくれなくなっていた。爪切りを見るだけでパニックを起こし、暴れるので切ることができず、桃子が眠ってからこっそり切る日々が、もう二年も続いていた。

大切なことを紙に書き、視覚に訴えると有効なのだ。目から鱗、といった心境であった。

現在我が家の壁には、「おともだち　せんせいを　たたいたり　ぶったり　ふんだりしてはいけません」と書いた紙が貼ってある。

園のお友だち、保護者とのつきあいはどうすればいいか

桃子は、支援センターというところにも週一回通っている。そこではミュージックセラピーをしたり、小麦粉粘土で遊んだり、運動遊びをしたりしている。桃子と同じくらいの年で、同じような障がいを持ったお友だちと楽しい時を過ごしている。私にとっても、そこで出会う保護者の方と親同士のつながりもでき、様々な情報交換もできる大切な場になっている。

支援センターのお友だちも、普段は保育園や幼稚園に行っている場合が多い。みんなは園でどのように過ごしているのだろうか。定型発達のお友だちと仲良くできているのだろうか。また、他の保護者の方とはどのようにおつきあいされているのだろう。

聞いてみると、やはり私と同様の悩みを持っていらっしゃる。足や目が不自由とかのように、見た目にわからない桃子のような障がいは、とかく誤解をうけやすいのだ。なぜ、順番が守れないのか。なぜ、椅子に長い時間座っていられないのか。なぜ、急にパニックを起こすのか。わがままだと思われているにちがいない。

桃子も三歳になり、梅組のお友だちも「なんで桃ちゃんは……？」と思うことが増えてきていると考えられた。保育園の先生も、「子どもにどう説明したらいいか。そもそも説明したほうがいいのか、悪いのか」と悩んでいらっしゃるようだった。

私は、保育園の同じクラスの保護者の方々に、積極的に声をかけるようにした。

「桃子は、自閉症という障がいがあって、人とのつきあいが苦手です。無視することもあるかもしれませんが、できれば話しかけてやっていただけませんか」

だいたいこのように話した。「自閉症という障がいがあるんです」と言うだけでは不十分だと思う。だからどうしてほしいのか、具体的に言うことが大切なのではないだろうか。私がもし逆の立場で定型発達児の親だったら、「あの子は自閉症なのか。それはわかったが、だからどうしてあげたらいいのだろう。足が不自由な子なら、階段の時は車椅子を持ってあげる、など支援の仕方もなんとなくイメージできるが、自閉症の場合は……。話しかけないで、そっとしておいてあげるほうがいいのかしら？」と悩むと思う。

そのうち口で言うだけでは不十分なような気がしてきたので、担任の先生とも相談し、保護者の方向けのプリントを配ることにした。以下はその全文である。

この場を借りて、保護者の皆様にお伝えしたいことがあります。

いつもたいへんお世話になっております。梅組の竹島桃子の両親です。娘のことで保護者の皆様にご理解とご協力いただきたく、筆をとりました。

桃子は平成十四年九月十一日に生まれ、特に大きな病気をすることもなく、すくすくと成長してきました。健診で何を言われたこともなく、二歳を過ぎてからは教えてもいないのに漢字やアルファベットを読むようになり、賢い子どもだなあと思っておりました。

ところが桜組になってまもなくの昨年五月、担任の先生から、「お友だちとかかわる様子がありません。ブロックを持ってもカチカチと音をたてるだけで、何か形あるものを作ろうとしません」と言われ、ショックを受けました。

よく考えてみれば、靴を必ず右から履く、天気予報の番組に固執し途中でチャンネルを変えるとギャーギャーわめく、などということにこだわりがあることに思い当たりました。早速病院に行き検査をした結果、「※高機能広汎性発達障害（高機能自閉症）」という診断名がつきました。

保育園にもお願いし、今年度からは加配の先生もつけていただいております。先生方のご指導のおかげで、この一年三か月の間に桃子はずいぶん成長いたしました。それでも、他の園児さんにご迷惑をおかけすることが多いと思います。

まず、桃子は週に二回、療育施設に通っています。遅刻や早退をすることで、梅組全体のリズムを狂わせることもあるかもしれません。

また、自分の予定と違うことが起こるとパニックを起こすこともあります。例えば、プールびらきの日にパニックを起こしました。桃子は前年度の桜組まで小プールに入っていたため、自分の中で勝手に小さいプールに入ると決めて登園いたしました。ところが梅組からは、大きいプールに入るのだったのです。どうしても納得できず、その日は一日中、心が乱れていたようです。

さらに、お友達とコミュニケーションをとるのが苦手なため、トラブルを起こす可能性があります。検査の結果は知的には遅れておらず、記憶力テストなどでは五、六歳の能力があるにもかかわらず、同年齢の子どもとのかかわりテストでは二歳以下という結果がでています。発達のバランスが悪いのです。しかし最近、お友達に興味関心がでてきたようなので、親としてたいへん嬉しく思っています。ただし、お友達へのかかわり方が二歳レベルなので、他の園児さんとつりあいがとれません。今、桃子は二歳の壁を越えようとしているのです。難しいけれどがんばって超えてほしい。そう、強く願っています。

ご無理を言いますが、桃子を梅組の仲間の一人として受け入れていただけないでしょうか。桃子に障がいがあるからと特別扱いせず、桃子が悪いことをしたら、遠慮なさらず文句を言ってやってください。そして自分の世界にいるときは返事をせず、無視したように見えることもあるかもしれませんが、見かけられましたら声をかけてやってください（最近は返事をすることが多くなりました）。これからもよろしくお願いいたします。

竹島清治　尚子

※高機能広汎性発達障害（高機能自閉症）とは……

＊自閉症は脳の特性から起きる発達のかたより（発達障害）です。しつけの失敗や愛情不足で起きるのではありません。

三つの特徴（次にあげる基本症状①〜③。「三つ組」の障害と呼ばれます）がセットであるとき、自閉症と診断されます。

＊「高機能」とは、知能検査で測定される知能に明らかな遅れがないという意味です。

自閉症の基本症状1　社会性の障害、または人とのかかわり方の質的障害

同じ年の子どもと対等な友だち関係がもてない

年齢相応の常識が身についていない

自閉症の基本症状2　コミュニケーションの質的障害

オウム返しやひとりごと、場面に合わない発言がみられる
混乱したときの理解力の低下が著しい

自閉症の基本症状3　イマジネーション障害
思いがけない出来事に出会うと混乱しやすく、応用がきかない
新しいことや見通しのもてないことに強い不安を示す
パターン的な行動だと身につきやすく、記憶が得意
（中央法規出版「高機能自閉症・アスペルガー症候群『その子らしさ』を生かす子育て」吉田友子著より抜粋）

数日後のクラスだよりに、担任の先生がこんなことを書いてくださっていた。

お絵かきが好きな子、走るのが速い子、せっかちな子、のんびりマイペースな子、好きな遊びも、性格も、みんなそれぞれ違います。『みんなちがって、みんないい』だから一緒に遊ぶと楽しい！……先日配布した、竹島桃子ちゃんのご両親からのお手紙に目を通されましたか？　今、梅組ではみんなが元気に過ごしています。が今から、個々の

思いも強くなり、トラブルも増えてくると思われます。その中で、桃子ちゃんとの関わりの中で生じるトラブルもあることでしょう……。そのときに、保護者の皆さんから子どもたちに説明してくださるとうれしく思います。子どもたちが、遊びの中から心のバリアフリーを感じられるように、周りの大人が見守ったり、声をかけてあげたり……時には手を添えてあげてください。

進級し、竹組になったときにも、保護者向けのプリントを用意した。以下がその全文である。

竹組保護者のみなさまへ

いつもお世話になっております。竹組の竹島桃子の両親です。娘のことで、ご理解ご協力いただきたいことがあります。少しお時間をください。

すでにご存じの方も多いと思いますが、桃子には、「高機能広汎性発達障害（高機能自閉症）」という障がいがあります。これは簡単に言うと、「知能検査で測定される知能に明らかな遅れがない自閉症」という意味です。

桃子には、いつも同じ状態であることを好む、同一性の保持、という特徴があります。そのため、毎年新学期には調子が狂い、パニックを起こしやすくなります。部屋が梅組から竹組に変わったこと、先生やお友だちが変化したこと、自分のマークが「星」から「羊」になったこと、「NHKのおかあさんといっしょ」のまゆお姉さんのコーナーが「ズーズーダンス」から「ゴッチャ」になったこと、などなど、覚え直さなくてはならないことがたくさんあるからです。反面、たいへん律儀なところもあります。プリントを一日二枚やる、と決めたら、毎日きちんとやります。飽きたり、嫌がったりしません。

桃子は、発達の仕方がアンバランスです。私たちが教えたわけではないのに、二歳のときには、すでにアルファベットを読むことができていました。三歳のときには平仮名を覚え、現在は片仮名もほぼ覚えているようです。ところが、じゃんけんの意味が理解できていません。勝ち負け、の概念がないからです。昨年の運動会のとき、リレーなのに全然急がず、マイペースでニコニコ走っていたのも勝負ということがわかっていないからです。並ぶ意味がまだ理解できていないために、列に並んで順番を待つことができないことがあります。このように、できることとできないことの差が激しいのです。

ひとりごとも多いです。最近は「おしゃれ魔女　ラブ and ベリー」に凝っており、「百円入れてね。カードがもらえるよ」から、「カードは持った？　次のお友達にかわってね」

まで、機械通りにしゃべっています。人と話すときも、「四月三十日は、月曜日だけどお休みなの？　四月三十日は、月曜日だけどお休みなの？」などと、何度も何度も同じことを聞くことがあります。これも自閉症の特徴の一つで、ふざけているのではないのです。

この他、週に二回療育機関に通うため遅刻して登園するなど、竹組のお友だちにご迷惑をおかけすることも多いと思います。何かありましたら、ご連絡ください。また、保護者のみなさまも、もしよろしければ、桃子に声をかけていただけないでしょうか（他のことを考えているときなどには、声が心に届かず、返事をしないこともありますが）。これからもどうかよろしくお願いいたします。

竹島清治　尚子

おかげさまで、保育園の保護者の方々はみんな優しく理解のある方ばかりで、桃子に積極的に声をかけてくださる。保護者の方が桃子のことを少しでも知ってくだされば、きっと他の園児さんたちにもいい影響がでるだろうと信じている。

コラム

見えないものが見える？

三歳五か月のころ、保育園からのおたよりにこんなことが書いてあった。
「朝、『そらいろのたね』の絵本を読み聞かせていると、桃ちゃんが、『ぐりとぐら』と言ってきました。『ぐりとぐらじゃないよ』と私が言うと、『ちょっと小さい』と……。確かに絵本をよく見てみると、とても小さなぐりとぐらが登場しており、よく見ているなーと感心しました」

私も幼いころ、「そらいろのたね」を何度も読んだことがあるが、気がつかなかった。このように、桃子は普通の人が見落としやすい何かをひょっと見つけることがある。凡人には見えないものが見えるのか？

そして、そんな桃子の一面を見逃さずにいてくださる保育園の先生も、すばらしいと思う。

パニック・こだわり
これぞ自閉っ子！
という場面で工夫したこと

こだわり編

自閉症には、こだわりがつきものである。桃子にも様々なこだわりがある。そのこだわりも、レギュラーなものとイレギュラーなものとがあることに気がついた。つまり、いついかなるときも変わらずこだわることと、ある時期は非常にこだわっていたが、時がたつにつれ、そんなにこだわらなくなったこと、の二つがあるのだ。

レギュラーなこだわりには、例えば次のようなものがある。

1 靴は右足から履きたがる。左足から履かせようとすると、たいへん嫌がる。このこだわりは、自閉症と気づくずっと前、一歳半くらいには出現していたように思う。

2 天気予報が大好きで、見ている途中でテレビを切ると、「見る見る見る！」と言って大騒ぎする。このこだわりも、二歳前からあったと記憶している。

地方の天気予報が特に好きで、「下関市。次、宇部市。萩市。山口市。周南市。柳井市。岩国市」と出てくる順番をすべて記憶している。さらに、「下関市」以下の漢字も、教えていないのにすべて読むことができる。

同様に新聞に載っている天気予報もよくチェックし、「雨、おらんねえ。お日様だけ」などと感想を言う。

3 クレヨンの色、左から、赤、青、黄……など、自分の中で並べる順番を決めている。

4 この食器は母の、これは父の、と自分の中で決めており、時々、「あ、これママのでーす！　これパパのでーす！」などと言って、食器をかえようとすることがある。

5 テレビやビデオを見るときは、オープニングからエンディングまできちんと見ないと気が済まない。

一方、イレギュラーなこだわりには、例えば次のようなものがある。

1 家具を移動すると嫌がり、元の位置に戻そうとする。〈二歳十一か月ごろ〉

2 冷房を入れたので戸を閉めると、「開けちょく！　開けちょく！」と言って騒ぐ。〈三歳０か月ごろ〉

3 保育園で入る便所は、パンダのところと決めている。〈三歳一か月ごろ〉

4 保育園からの帰り道。園庭のおもちゃの家の窓をすべて閉める。〈三歳二か月ごろ〉

5 保育園の行き帰り。渡りもしない横断歩道の押しボタンを、「押してみる！」と言って押しに行く。〈三歳三か月ごろ〉

6 保育園からの帰り道。溝の水を、「お水見に行く！」と言って見に行かないと帰らない。見る溝の場所も決まっている。〈三歳三か月ごろ〉

7 洗面所を見るたびに、一日何度でも歯を磨く。〈三歳五か月ごろ〉

8 保育園の制服のボタンに、シールを貼ってくれと頼む。〈三歳八か月ごろ〉

9 信号機にこだわる。赤信号を見て、「赤はとまれ。もうすぐ緑になる。青じゃない、緑ね！」

また、道を歩いていて、急に止まる。理由を聞くと、「赤じゃけえ、とまる」たとえ、横断歩道を渡るときでなくても、赤信号が目に入ればその場にストップ。小麦粘土でも信号機を作る。〈三歳九か月ごろ〉

10 靴下を脱ぎたがらず、無理に脱がそうとするとパニックになる。〈四歳二か月ごろ〉

11 エジソンの箸が食卓に出ていないとイライラする。〈四歳三か月ごろ〉

12 外出時、雪が降っていないとジャンバーを着るのを拒否する。手袋とマフラーはしてもよいが、どちらか片方というのは許されない。〈四歳四か月ごろ〉

13 ミッキーマウスが出てくるビデオは、日曜日しか見ない。〈四歳五か月ごろ〉

14 このコップで麦茶を飲む、と決めているコップがある。〈四歳七か月ごろ〉

15 髪に結ぶゴムは二本、色は青色と緑色一本ずつ、と決めている。他の色は断固拒否。青色二本、というのも駄目。〈四歳八か月ごろ〉

16 風船を膨らませるときは、必ず、赤、青、黄色、緑、の四色。膨らませる順番も決まっていて、最初に赤、次が青、黄色、緑の順。うっかり青から膨らませたりすると、激怒する。〈四歳十一か月ごろ〉

　誰でも、多少なりこだわりというのはあるだろう。洗濯物はこのように干さないと気が済まないとか、コーヒーはこのメーカーのでないと飲まないとか。他人にとってはどうでもいいことでも、本人にとっては大切なことなのだ。桃子のこだわりも同様だと私は考えている。

　先程の例を見ていただけばわかるように、レギュラーなものもあるが、ほとんどはイレギュラーなこだわりだ。時がたてば、そんなにこだわらなくなる可能性が高い（そのかわり、別のこだわりがでてくるのだが）。保育園の先生も、「今のブームはこれなんですね」と温かく見守ってくださっている。

靴を右から履いてもよいではないか。ほとんどの人は、右足から履くものである。趣味が天気予報なのだから、見てもよいではないか。テレビはなるべく見せないようにしているが、天気予報は、五分程度の番組だ。「天気予報　終」のマークが出たら、テレビを消すよう約束しておけば問題ない。

こだわりと上手につきあいたい、と私は思う。前述のボタンの件でも、シールを貼りたがった桃子の気をそらすことができたのは、天気予報のおかげである。

こだわり、同一性の保持、が長所につながる場合もある。「一日一枚プリントをする」と決めたら、毎日飽きることなくコツコツやる（「鉛筆・お絵描き編」参照）。こちらが感心するくらい律儀である。

ただ、人前で全裸になるとか、気にいらないことがあるとおしっこをして歩くとか、そういうこだわりが今後出てきた場合には、強く言ってやめさせるつもりだ。人に迷惑をかけるこだわりはよくない。

また、特定の番組やビデオにこだわり、それればかり見たがるのも少しずつやめさせる方向に持っていっている。いろいろな番組を見て、世界を広げてほしい、と思うからだ。今日は「ＮＨＫのおかあさんといっしょ」、明日は「しまじろうの　ぼうけんたいそう」、あさっては「しまじろうの　いっしょにうたおう　まねっこうた」、のように、なるべく毎日違う番組を見せるようにしている。

桃子が、「今日も『まねっこうた』が見たい」と頼んでくる日も多いが、「今日は『まねっこうた』はお休み。ビデオの調子が悪いみたい。他のしまじろうやったら見せてあげるけど。今日は見んでもええかね？」などとごまかして、違うビデオを見るように誘導している。

小学校にあがっても、中学生になっても、成人式を迎えても、午後四時二十分になったら、「ＮＨＫのおかあさんといっしょ」を見るために、桃子はテレビの前に座るのだろうか。

パニック編

大声で泣きわめく。キーキーと奇声を発する。物を投げる。そばにいる人をたたいたり、蹴ったりする。こちらが何を言っても、桃子の心にほとんど届かない。本人もどうしてこんなに泣いているのかわからない様子。……これが、パニックである。

観察していくと、パニックには大きくわけて二つの種類があることがわかった。一つは、噴火型パニック。もう一つは、前震型パニック、である（命名、筆者）。

噴火型パニックとは、まるで火山が噴火するように、突然パニックになってしまうことをいう。急に予定と違うことが起こったり、苦手な音（汽笛の音など）が聞こえてきたりしたときになるパニックである。

一方、前震型パニックとは、大きな地震に先だって起こる前触れの小さい地震、前震のように、前兆が幾つかあって、積もり積もって大パニックを起こす、というパターンだ。

前兆段階、何かあるとすぐパニックのスイッチが入ってしまう段階のことを、私は、イエローランプ点滅状態、と呼んでいる。イエローランプ点滅状態のときには、必ずといってよいほど、こだわりも強くなる。疲れているとき、体調があまりよくないとき、環境が変化したときなど、この前震型パニックになることが多い。このパニックの場合、イエローランプ点滅の段階で、ビデオを見せたり、パズルをさせたりなど桃子の好きなことをさせてやると気分が変わり、パニックにならないことも多い。

問題は前者の、噴火型パニックである。具体的には、このような事例があった。

1　クリスマスツリーを見て、異常におびえる。街でもツリーを見ると、私にしがみつく。〈三歳二か月ごろ〉

2　電話の呼び出し音に異常に反応し、電話が鳴るたびに耳をふさぐ。〈三歳六か月ごろ〉

3　家庭のピアノの音を嫌がる。「ピアノ嫌なん。音、嫌だ」と言う。保育園や支援センターのピアノは、大丈夫。〈三歳七か月ごろ〉

4　ぐ～チョコランタンのおもちゃに電池を入れ、音が鳴るようになった途端、パニックを起こす。「いらん。捨ててええ」とまで言う。〈三歳十か月ごろ〉

この中で一番たいへんだったのは、例1恐怖のクリスマスツリー、である。あの時期、街にはツリーがいたるところに出現しており、見るたびにギャーギャー言っていた。外出できなくなってはたいへんである。そこで、やや矯正を試みてみた。以下はその記録である。

クリスマスツリー大作戦〈三歳二か月～四歳二か月〉

ツリーパニックの原因を作ったのは、母親の私である。十一月も後半に入り、クリスマスツリーを出そうと考えた。昨年飾っても別に文句を言わなかったので、何も心配していなかった。

桃子が保育園に行っている間に子ども部屋に木を出し、飾り付けは桃子と一緒にしようと思って、そのまま置いておいた。保育園から帰ってきた桃子、いつも通り子ども部屋に行き、絶叫！

「どうしたの？」と飛んで行った私にしがみついて、「緑嫌だ！」

大好きな自分の部屋に突然出現した二メートルの木が許せないらしい。かわいそうなことをした。あわてて木を箱にしまい、押入へとつっこむ。

今年は出さないほうがいいかも、と夫と相談し、これで解決したつもりだったが、そうは問屋が卸さない。スーパーに行けば、「ママだっこ」「どうして？」と私が聞くと、「ツリー嫌だ」

大好きな支援センターに行っても、ツリーが飾ってあるので、りす組の部屋に入れない。ただ保育園はお寺なので、ツリーがない。助かった。

とにかく、ツリーパニックは克服してほしい。また作戦を練る日々が始まった。

作戦1　ツリーの飾りに慣れよう〈三歳二か月〉

パニック開始から一週間後、鈴やサンタなど、ツリーの飾りだけを五つほど子ども部屋に置き、桃子に遊ばせてみた。それは嫌がらなかった。次の日から五つずつくらい、飾りを増やしていった。

作戦2　一段目だけツリーを出してみよう〈三歳二か月〉

木は三段になっていて、全部つなげると二メートルくらいになる。まずは一段目だけ出してみようと思った。それがいいのか悪いのかわからなかったが、桃子が保育園に行っている間に、一段目のツリーを出し、昨日まで遊んでいた飾りを付けてみた。さらに緑色が見えないように、綿をたくさん置いてみた。

保育園から帰ってきた桃子に、「桃ちゃん、鈴とかサンタさんとか飾ってみたよ」と予告してから、一段目のツリーを見せた。

少し嫌そうだったが、パニックは起こさなかった。

作戦3 飾り付けを手伝ってみよう〈三歳三か月〉

三日くらいたつと、ツリーを怖がらなくなったので、二段目を出してみた。桃子の好きな音楽をかけ、飾りをいっぱい持ってきて、「ママ、飾り付けしようっと！」と楽しい自分を演出してみた。

すると、桃子は、「桃ちゃんもする」とやってきた。飾り付けはおもしろかったらしい。

「ああ、飾るところがなくなったねえ。もうちょっと飾る？」と私が聞いてみると、「飾る」

思い切って三段目も出してみた。これで、我が家のクリスマスツリーは完成だ。

自分の家のツリーが怖くなってからは、外出先などでツリーを見ても、嫌がりはするものの、ヒーッ！　とパニックを起こすことはなくなった。

作戦4　次の年からは慎重に！〈四歳二か月〉

あっという間に一年が過ぎ、また街中にクリスマスツリーがあふれる季節になった。今年は失敗できない。十一月に入ったころから私は、「ああ、もうすぐ十二月になるなあ。十二月になったらクリスマスツリーを出そうっと」と言い続けた。

また、十一月後半、街にツリーが出没する直前に、我が家のツリーを出した。

もっとも私が、「明日、ツリーを出すよ」と予告すると、桃子は、「十二月からツリーでええですか？」と聞いてきたから、本当は十二月になってから出してほしかったらしい。

応用編で、お雛様を出すときも必ず数日前から予告しておくことにしている。

「クリスマスツリー大作戦」での経験を元に、他のものも策を練ってみた。

例2　恐怖の電話、は、呼び出し音を「プルルル」というものから、「別れの曲」というクラシック音楽に変えた。

例3　家のピアノイヤイヤ、は、桃子の機嫌がいいときを見計らって、一日一回だけ弾くようにした。しかし、まだ克服できてはいない。

例4　ぐ〜チョコランタンのおもちゃ、については、パニック後から半年間、おもちゃを出さないようにした。しかし、妹が偶然おもちゃを見つけて、遊びたがるようになってしまった。そこで、桃子に見えないように、カーテンの後ろに隠れて、私と妹だけがおもちゃで遊ぶことにした。

「桃ちゃんは、このおもちゃで遊ばんでいいのよ。音も出んようにしてあるし、見んかったらええ」

私に、遊ばなくてもいい、と言われると、遊びたくなるものらしい。桃子はカーテンに近づいてきた。音が出なければ平気らしい。おもちゃで遊ぶようになった。

以後、一日に一回程度、「一回だけ音、鳴らさせてね」と予告してから、電池のスイッチを入れた。それを一週間くらい続けると、音が出ても大丈夫になった。

家庭の外でのパニックは、できれば避けたほうがよい。しかし、家にいるときくらい、たまにはパニックを起こしてもよいのではないだろうか。桃子には、自分を遠慮なくさらけ出せる場所、も必要なのではないかと思う。

男性恐怖症編〈一歳～四歳十か月〉

「桃ちゃん、大きくなったね。ちょっとだっこしてあげようか」

親戚の野中のおじさんにこう言われたとき、桃子を渡すのを一瞬躊躇したのを覚えている。当時、桃子は一歳半になるかならないかくらいだったと思う。何かたいへんなことが起こるような予感が、私にはあった。そして、やはり桃子は、ギャーギャー泣きわめき、その後は、おじさんのいる同じ部屋にいることさえ拒んだ。

二歳になっても、三歳になっても、桃子が心を許す男性は、父親と祖父の二人だけであった。

正月に親戚が集まるときも、「嫌なの。嫌なの」と私の胸に顔をうずめ、泣いてしまう。知り合いのおじいさんのお見舞いに行っても、「帰る。もう、会いたくない」とご本人の前で言う始末である。

保育園の実習に男子学生さんが来られたときも、「もう保育園行かん。男の先生、嫌だ」とプチ不登園になってしまった。

こんな調子で、小学校に進学したらどうなるのか。小学校は、女性の先生ばかりとは限らない。

「オッス！　竹島！　元気か？」と桃子の肩をポンとたたく、若い男の先生もいらっしゃるかもしれない。

「なんだ、お前のその態度は！　歯をくいしばれ！　愛の鞭だ！」というノリの、ベテラン男性教師もいないという保証はない。

なんとしてでも、小学校入学までに男性恐怖症は克服しておかないと困る。どうしたら、男の人が怖くなくなるのだろうか。

作戦1 「親戚のおじさんに会うよ」と予告する〈三歳三か月〉

例えばレストランで、とても怖い風貌の男性がすぐ横の席に座っても、桃子は平気なようである。自分の世界に突然、「やあ、桃ちゃん！　元気かね？」と踏み込んでくる、親戚のおじさんタイプの男性が駄目なのだ。観察していくと、以上のようなことがわかった。

それでは、「突然踏み込んでくる」のではなく、「じわじわと踏み込んでくる」のなら、少しはマシなのか。親戚一同が集まる日、私は、「今日は、おばあちゃんの家に行きます。としゆきおじさんと野中のおじさんも来るけえね」と予告した。

予想通り、桃子は、「桃は、行かん。待っちょく」と言ったが、私が、「そんなこと言わんと、桃ちゃんも一緒に行こうやー。一人おうちで待っちょる間に、桃、虫が出たらどうするん？　としゆきおじさんと野中のおじさんには、最初だけ『こんにちは』って言ったら、後は、おじさんたちがおらん部屋で、桃、遊んだらええ」と説得すると、ついてきた。二人のおじさんにも、「慣れるまで、桃子に接触しないでほしい」と事前によくお願いしておいた。

この作戦は、うまくいった。帰りまでには、二人のおじさんの前で、歌や踊りも披露した。この日の一斉写真に写っている桃子の顔は、笑顔である。

作戦2　野中のおじさんの家に遊びに行ってみよう〈三歳六か月〉

春休みになり、保育園も休みになったので、野中のおじさんとおばさんの家に遊びに行くことにした。野中のおじさんは、六十代後半、恰幅のよい人である。桃子が最も苦手としているタイプの男性だ。おじさんの名誉のために言っておくが、とても優しく気のいいおじさんで、私も小さいときからたいへんお世話になっている。こんなに桃子が嫌がっているなんて、申し訳ない気持ちでいっぱいだ。しかし、この野中のおじさんをクリアできたら、桃子の男性への扉がぐっと開く可能性もある。

この日の感想は、次の通りである。

私「今日どこに行ったん？」

桃子「野中さん」

私「野中のおじさんおばさんの家で、何した？」

桃子「お茶のお稽古」

私「野中のおじさんおばさんの家には、何がおったん？」

桃子「おじさんとおばさん」

私「うん。おじさんとおばさん、おったねえ。他には？ 犬がおった？ 猫がおった？」

桃子「猫さん。寝ちょった。こう（舌を出したり入れたり）しよった。ご飯食べよった」

私「野中のおじさんの家には、猫もおるし、楽しいでしょう？ また、遊びに行く？」

桃子「行かん」

……うーん……。しかし、ローマは一日にして成らず！ だ。今日はまだ、一日目なのだ！

作戦3　キラキラ☆キッズでお兄さんに慣れよう〈三歳八か月〉

桃子が三歳八か月のとき、キラキラ☆キッズというサークルに入った。自閉症やその周辺の発達障がい児のためのサークルで、活動は月一回、対象児にはワンツーマンでボランティアがついてくれる。

このサークルに入った理由の一つに、「男の人に慣れさせたい」というのがあった。ボランティアの約半数は男性で、大学生など若い人が多い。桃子が一番苦手なのは、年輩の男性なのであるから、まずはハードルの低い若いお兄さんから慣れさせてみよう、と考えたのだ。

桃子は、キラキラ☆キッズでする運動遊びや歌を気に入り、行くのを楽しみに待つようになった。同じ部屋の中に、お兄さんがたくさんいるのも平気なようである。

しかし、「今度のボランティアさんは、男の人でもいいかな？」と私が聞くと、「嫌だ。お姉さんがいい」とキッパリ。やはり、男性への拒否感はあるようだ。

作戦4 としゆきおじさんと二人で遊んでみよう〈三歳十一か月〉

としゆきおじさんというのは、私の妹の旦那さんで、年は三十代前半。小柄で、まだ「お兄さん」で通りそうな人である。三歳十一か月のとき、桃子が、としゆきおじさんと二人で、ボール遊びなどをして遊ぶことに成功した。私が何かしかけたのではなく、自然と遊び始めたのだ。それから後、予告なしに会っても、としゆきおじさんならパニックを起こさなくなった。

桃子が心を許す男性が、少しずつ増えてきた。

作戦5 初対面の男の人と同じ部屋にいてみよう〈四歳六か月〉

私の恩師の川中先生にお会いする機会があった。川中先生は七十代、男性の方である。桃子には事前に予告をしておいたが、待ち合わせの時間が近づくと、「桃ちゃん、帰る。清末の家に帰りたい」と言いだし、意味不明の言葉を延々と語り出した。イエローランプ点滅状態だ。

しかし、実際対面させてみると、川中先生の目は見られないものの、「こんにちは。竹島桃子です。四歳です」と挨拶もでき、簡単な質問にも答えられていた。案ずるより産むが易し。

ところが、川中先生と別れた後、パニックになってしまった。些細なことで怒り、キーキー言う。一時間くらいそういう状態が続いただろうか。やはり無理をして笑顔を作っていたんだなあ、桃子なりに我慢していたんだなあとしみじみ思った。

作戦6　毎週、お友だちのお父さんに会ってみよう〈四歳七か月〉

四月になり、支援センターもメンバーが入れ替わった。最初に新メンバーで顔を会わせたとき、私は桃子が凍り付くのを見た。新しいお友達を見て怯えたのではない。お友達を連れてきている保護者の方、お父さんを見て驚いたのだ。

ゆうすけ君のお父さんは四十代、なかなか体格のよい方で、桃子が苦手とするタイプである。子ども思いで優しくて、笑顔の素敵な方なのであるが、それ以後も、桃子がゆうすけ君のお父さんを露骨に避けているのがわかった。

私は、「嫌だ。ゆうすけ君のお父さん、嫌だ」とご本人の前で言わないだけ成長したなあと思うことにした。

二か月後、支援センター終了後、私が、「ゆうすけ君にさようなら、言わんでいいの？」と促すと、桃子は、「ゆうすけ君、ゆうすけ君のお父さん、バイバーイ！」と言って、笑顔で手を振った。あまりにも自然だったので、何がおかしいのか私はしばらく考えた。そして気がついた。ゆうすけ君のお父さんに、自分から挨拶している⁉

その後も観察を続けた結果、桃子が時々ゆうすけ君のお父さんに「ゆうすけ君のお父さん、ヤッホー！」など、声をかけている場面をたびたび目撃した。男性恐怖症、雪解け間近か？

作戦7 就学相談会に行ってみよう〈四歳九か月〉

いや、やはりまだ残り雪があった……。就学相談会に連れていったときに、それがよくわかった。通された部屋には、背広を着た男の先生が四人。四十五分くらいは我慢したのであるが、とうとう私のスカートに顔をうずめてシクシク泣き出した。静かなパニックである。やはり男性が怖いのだ。

養護学校の先生にそのことを話すと、「でも、四十五分は耐えられたんですよね。それは、すごいですよね」とおっしゃっていただいた。それはそうだ。一年前なら、五分はもたなかったであろう。前進はしている。

作戦8　養護学校で、男の先生と遊んでみよう〈四歳九か月〉

養護学校での療育活動に、男性の神田先生も参加してくださることになった。四十代、小柄な優しい方である。

それでも桃子は、神田先生の顔を見ることができない。同じ部屋の中にいるだけで、いっぱいいっぱい、という感じである。

養護学校からの帰り道、私が、「神田先生って、怖い先生？　優しい先生？」と聞くと、「優しい先生」という答えが返ってきた。

そこで、私が、「優しい先生なら、来週も一緒に遊んでもらおうね」と言うと、「え？　えーと、私は……、私はちょっと。男は男同士、遊んだらいいんだ。桃ちゃんは、女じゃけえ、女は女同士で」という返事。

「神田先生、嫌だ」と私にさえ言わないところが成長か。「男は男同士、女は女同士で」という言い方がおかしくて、私はしばらく笑い続けた。

作戦9 自分から男の人に話しかけてみよう〈四歳十か月〉

お隣の藤永さんは、年輩の男性だ。四歳十か月くらいから、桃子は藤永さんを見かけると、「あーー！　藤永さーん。何で外に出ちょうの」などと話しかけるようになった。藤永さんには、心が許せるようになったのだろうか。

トヨタカローラの秋田さんは、三十代の男性で、我が家に、「そろそろ、新車、どうですかねえ」と勧誘に来られるようになってから、もう五年たつ。夫が対応している間、桃子はおびえてトイレにも行かず（玄関の横がトイレなのだ）、子ども部屋にこもって出てこようとしなかった。

ところが、「あー！　秋田さんだー！」と言って、自分から出ていって秋田さんに話しかけるという奇跡が起こった。しかも、「今日、私、藍ちゃんとおそろいです。○△□※（以下、意味不明な自分の世界を語る）」と何やら報告までしているではないか。

謎の宗教家α氏（氏名、年齢不詳）は、二か月に一度くらい、「子育ての悩みはありませんか。私と一緒に解決しましょう」と訪問してくる男性である。我が家での滞在時間は一分くらいだと思うが、桃子はたいへん嫌がっていた。それなのに、「こんにちはー！」と挨拶にいく始末。どうなっているのだろうか。

男性恐怖症は、まだまだ克服できてはいない。しかし、雪が解けだしている感触はある。小学校入学まであと一年半、なんとかなるかもしれないという希望が見えてきた。

コラム

五月三十一日に着た夏服

桃子がカレンダーを見て、「お母さん、六月にかえてください」と言ったのは、五月三十一日の朝のことだった。

私は、カレンダーをめくり、「六月からは、夏服やね。でもね、桃ちゃん、夏服は今日から着てもいいんよ。今日は六月みたいに暑いじゃない？　今日から、夏服着て行く？」と聞いてみた。

きっと桃子は、「駄目よ。六月になってから、夏服」と答えるにちがいないと思っていたが、今年はちょっと違っていた。「五月なのに夏服？　何するから？　暑いから？……うん！　いいよ！　夏服、いいよ！」

これが返事だった。そして、まだ五月三十一日なのに、桃子は夏服を着て、保育園に出かけていった。まだ六月になっていないのに夏服がOKとは、びっくりである。今日夏服を着ていく理由が、「六月みたいに暑い日だから」で納得できたのであろう。

桃子のこだわりが、また一つ消えた。

コラム 「トリビアの泉」実験

子どもが寝た後、夫婦二人で「トリビアの泉」という番組を見た。「視聴者から寄せられた、人生にはまったく必要のない知識（＝トリビア）を品評する」という趣旨の番組である。その日の「トリビアの種」のコーナーで、「飼い主が倒れたとき、助けを呼べる雑種犬は百匹中何匹か（ちなみに0匹であった）」という検証をしており、たいへん興味深かった。

私や夫が倒れたとき、はたして桃子は助けを呼びに行くのだろうか。どのような行動を取るのだろうか。番組終了後、私たちはそんなことを話し合った。

夫は、「何もせずにオロオロするんじゃないかな」と言う。一方の私は、「『パパが倒れました』と落ち着いて私に報告にくると思う」という意見だった。

実際に調べてみた。

翌日、夫だけが二階の部屋で仕事をしていると、いつものように桃子が邪魔をしに階段をあがっていった。二階から夫の声が聞こえてくる。

「うう、苦しい。桃、助けてくれえ」

彼にしてみれば、迫真の演技である。倒れてみたらしい。しかし、桃子は夫のパソコンに気を取られ、彼の異変に全く気づかない。夫は作戦を変え、もっと具体的に言ってみることにした。

「うう、く、苦しい。桃、ママを呼んできてくれえ」

桃子はやっと夫を見、冷静に一言こう言ったそうだ。

「すぐによくなる」

……この結果をどう分析すべきであろうか。助けを呼びに行く、という行為は、彼女にとってまだ難しかったのか。それとも夫は仮病だということに、桃子は本能で気づいていたのか。

ただ一つはっきりしていることがある。「桃子と暮らす毎日は、とても楽しい」ということだ！

変化が苦手な自閉っ子
でも少しずつ世界を広げてみた

病院編〈三歳一か月〜四歳九か月〉

桃子は一歳を過ぎたくらいから、行きつけの病院「王子（おうじ）こどもクリニック」のマーク（王子様がにっこり笑っている）を見ただけで泣いたり、機嫌が悪くなったりしていた。今から考えると、それも自閉症の特徴の一つだったと言えるのかもしれない。

また、一歳半健診の時は歯医者さんに噛みつき、その後も大暴れしてたいへんであった（ちなみに保健師さんからは、「歯医者さんが嫌だったから、今日は騒いでいるだけでしょう」と言われ、一歳半健診では桃子の異常は発見できなかった）。

保育園の健康診断、歯科検診でもたいへんらしい。このお医者さんイヤイヤ病は、なんとかならないものだろうか。

作戦1 平仮名を獲得する〈三歳一か月〉

クリスマスツリー大作戦の時によくわかったのだが、桃子は突然何か変わったことをされるのが大の苦手である。それならば、「病院に行くよ」と予告すれば、ある程度パニックは予防できるかもしれない。

口で予告してもよいが、写真や絵を見せて説明するほうが効果的なのではないだろうか。支援センターでも、「今日はこれをします」と予定を絵で見せて説明している。

王子こどもクリニックの写真を撮りに行こうかなあと考えているうちに、桃子は自然と平仮名を獲得してしまった。「ノンタン　あいうえお」という本に懲り、毎日、「読もうか（「読んでください」の意味。「読んで」にならず、私の言葉「読もうか」になるところが、自閉ちゃん）」と言って持ってくるので、読んでやっているうちに覚えてしまったのだ。自閉症なので、字やマークなどには強いのだろう。できないことが他にたくさんあるのに、どうして年齢不相応のことができるのか、私は不思議で仕方がない。

とにかく、桃子は平仮名を読めるようになった。おもしろいらしく、目に入るものを片端から読んでいく。この特技を生かせないか。そう考え、カレンダーに予定を書くことにした。

いきなり一週間分書くと混乱するだろうと思い、カレンダーには、今日と明日の予定を書くことにした。

「今日は、『ほいくえん』明日は、『せんたー』」などと毎日書いた。

桃子は私が書くとき、喜んでいつも隣に来て、「明日は、保育園があります」などと確認していた。

鼻水が出ていたある日、私は桃子を病院に連れていこうと考えた。カレンダーに、「ほいくえん。びょういん」と書き、桃子に、「桃ちゃん、鼻が出ているから、明日保育園から帰ったら、病院に行きましょう。『びょういん』って書いておくからね」と口でも予告した。

桃子は、「ほいくえん。びょういん」と読み、私のほうを見て、「その後、お薬も。風船」と言った。

病院に行った後、横の薬局に行くことが多いので、そう言ったのだろう。薬局で薬をもらうとき、風船ももらえることもよく覚えている。よしよし、病院のイメージはでき

作戦2 病院に行く日をカレンダーに書く〈三歳三か月〉

ているぞ。

翌日、病院に連れて行った。診察中はやはりギャーギャー騒いだが、病院に着いたときに車から降りたがらない、とか、待合室にも入れない、とかいうことはなかった。カレンダー予告効果が、あったのかもしれない。

作戦3 カレンダーを書きかえる〈三歳八か月〉

急に熱が出たときなどは、カレンダーの『ほいくえん』と書いてあるところに×をして、『びょういん』と記入し直すようにした。

そして、「今日は熱があるので、保育園はお休みします。熱のある子は、保育園に来てはいけません、と先生がおっしゃったからね。熱がでたら、病院に行きます。今から行こうね」と説明する。

そうすれば桃子は納得するようだ。

作戦4 病院ごっこをする〈三歳九か月〉

診察後、先生に、「終わったよ。さよなら」と言われると、急に泣きやんで、「先生、さようなら」とお辞儀をする。終わりがよく理解できているのであろう。しかし、診察時には騒ぐ。

診察時のイメージがわかないから、何をされるかわからないから騒ぐのか。

それならば……、と考え、病院ごっこをして遊んでみることにした。メルちゃんの病院セットがたまたま家にあったので、私は聴診器を耳にあて、まずはメルちゃんを診察してみた。桃子はおもしろがってやって来、「次は桃ちゃんも」と言った。

病院嫌いを克服するきっかけになったかどうかは定かではないが、病院ごっこは今でも好きな遊びの一つである。

作戦5 「よい歯のコンクール」に出場する〈三歳九か月〉

ある日、我が家に保健所から手紙が届いた。読んでみると、「よい歯のコンクール予選会」に出場資格がある、とのことだった。三歳児健診時の歯の検査で優秀だったらしい。私は悩んだが行ってみることにした。

歯科検診が苦手だからといって、一生避けていくわけにはいかない。この際、歯医者さんにも慣れてもらおう。予選会の日は他のお子さんの邪魔にならないよう、予定の時間より三十分以上前に現場に到着した。そして係の人に桃子の障がい名を言い、一番にみてもらった。

「嫌だ」とは言ったが、三歳児健診時ほどはパニックにならなかった。

よい体験をした、と満足して帰ったのだが、それから二週間後、またまた保健所から手紙が届いた。なんと本選に出場できる三十人の中に選ばれた、と書かれていた。この時点で入賞は決定しており、賞状と賞品がもらえるらしい。マスコミも来るということだったので、一応保健所に電話をし、式典中騒いだらすぐ部屋の外に出る旨を言っておいた。ここまできたら、最優秀賞を狙うのだ！

明日が本選という夜、私は桃子に言った。

「明日は『よい歯のコンクール』があるから、桃ちゃんは給食を食べたら帰ります。ママ、保育園に迎えに行くけえね」

桃子は神妙な顔をして、「ハイ。桃ちゃんは、寝ん。（お昼寝をしない、という意味）

のだろうか。

帰るだけ。『よい歯のコンクール』全然痛くない」と言った。最後の言葉は自己暗示な

以下は、コンクールについて私が書いた、保育園へのおたよりである。

「『よい歯のコンクール』に新聞社は来ていましたが、テレビは来ていなくて、そのため桃子は実力が出せず(?)、入賞に終わりました。歯医者さんの前ではやはりヒーッ！となったので、係の人からは、『落ち着いてからでいいですよ』と言われました。しかし、早く終わったほうがよいと思い、つかまえて連れて行きました。終わるとケロッとしていました。式典は四十分ほどありました。十五分くらいで、『さあー！　そろそろ帰ろうかー！』と大声で言うので、口にシールを貼って遊びました。騒ぐことは騒ぎましたが、他の三歳の子たちも同じようなものでした。しかし帰宅後、パニックを起こし、ケーキを四つ食べることになりました。どのくらい耐えられるか実験してみた『よい歯のコンクール』でしたが、私の予想以上によい子でした」

その後、保育園でも歯科検診があった。検診時はやはり涙が出たが、少しの間だけ、「あーーーん」ができたらしい。

作戦6 目医者も歯医者も耳鼻科もどんとこい！〈四歳九か月〉

四歳を過ぎると、予告さえしておけば病院でパニックを起こすことはなくなった。妹が風邪をひいたため一緒に病院に行ったときなどは、妹の診察中、一人待合室で待つことができるようにもなった。

桃子本人は幸か不幸かたいへん丈夫で、ほとんど病院に行くことがない。しかし、四歳九か月のとき、目医者、歯医者、耳鼻科の先生に接触しなければならないことが起こった。

まず、目医者。目が腫れているようだったので、前日から、「明日は目医者に行くよ」とよく予告して連れて行った。待合室では大きな声で、「痛い？　痛くない？」と言い続け、お医者さんには、「痛くないようにしてください！」と叫んだが、パニックにはならなかった。

次に、保育園であった歯科検診。昨年まではパニックになっていたようだが、今年は落ち着いて受けられたようだ。園の先生もびっくりされていた。

最後は、耳鼻科。耳垢がたまっているのに、私には取らせてくれないので、耳鼻科に行くことにした。

前日から、「耳垢がたくさんたまっている子は、プールに入れません。だから、耳垢を取りに病院に行きましょう」と予告してから連れて行った。おびえることはあったが、診察中は静かにしていた。次回から、耳垢を取りに耳鼻科に行っても、おびえることはないのではないかと思う。

目医者も歯医者も耳鼻科も、どんとこい！ である。

作戦7 病院についての余談 二つの病院を使い分ける

桃子は、主に二つの病院に行っている。一つは、生後一か月から行っている近所の小児科「王子こどもクリニック」。もう一つは、自閉症の診断を受けた「山口西駅前病院」である。

どうしても痛い思いをしなければならないなら、先生には申し訳ないが、前者の病院にお願いするようにしている。後者では、発達検査等も行うため、パニックなどを起こすと結果が悪くなる可能性があるからだ。山口西駅前病院の先生にもお願いして、胸の音等も、桃子が嫌がるようなら聞かないようにしていただいている。二つの病院、どちらも桃子にとってはなくてはならない病院だ。

具合が悪くなったとき、自分で行くべき病院を調べ、保険証を持って行き、症状を説明できるようになるといい。遠い将来の夢である。

クラス替え編 〈三歳0か月～四歳六か月〉

今から考えると、桃組（0歳～一歳児クラス）から桜組（二歳児クラス）に進級したときの桃子の嫌がりようは異常であった。

まず、園服を着ようとしない。無理に着せても、今度は保育園に行く車に乗ろうとしない。保育園の送りは夫の担当だったが、文字通り、桃子を自家用車に放り込んで出発していた。毎日、閉められた車の窓から、桃子の絶叫が漏れて聞こえてきた。その姿は、近所でも評判になっていたのではないかと思う。

当時、私も夫もまだ桃子が自閉症であることに気がついていなかった。だから、なぜこんなに騒ぐのか全く理解できなかった。同じ保育園に行くだけなのに、どうしてこんなに拒否するのだろう。不思議で仕方がなかった。

桃子の障がいがわかり、私はかわいそうなことをしたなあと胸がいっぱいになった。桃子にしてみれば、何の説明もなく、大好きな桃組の部屋に行ってはならないことになり、担任の先生も替わり、新しい友達も入ってきて、どうしたらよいかわからず、パニックを起こしていたのだろう。

それから一年後、桜組から梅組（三歳児クラス、年少）に進級するときは、絶対に失敗したくないと考えた。保育園の先生ともよく相談し、策を練ってみた。

作戦1 前年度から加配の先生を頼んでおく〈三歳0か月〉

三歳児クラス、年少になったときから、担任の先生の数がぐっと減る（その分、保育料も安くなるのだが）。桃子がいることによって、他の園児さんが迷惑を被るという事態だけは避けたい。そう考え、桃子の診断がおりた時点で、来年度、加配の先生をつけていただけないかと園に相談した。ありがたいことに、園長先生は快諾してくださった。

作戦2 先生の持ち上がりを希望する〈三歳一か月〉

少なくとも、来年度の梅組には、先生が二人ついてくださることになった。そこでわがままとは承知で、先生の持ち上がりを希望してみた。今の桜組には三人先生がいらっしゃるが、そのうちのお一人でいいので、そのまま梅組の担任をしていただけないかとお願いしたのだ。

もちろん、保育園の先生がずっと小学校まで持ち上がってくださることはできない。だから、次の年度からは持ち上がりにはこだわらないと、保育園にお伝えした。

作戦3 新担任の先生に渡すプリントを用意する〈三歳六か月〉

新担任の先生用に、桃子の苦手なもの、得意なこと、気を付けていただきたいこと、などを書いたプリントを用意した。新担任の先生に桃子の予習をしていただくためだ。

作戦4 桃子に「四月になったら梅組」と予告しておく〈三歳六か月〉

三月になったころから、「四月になったら、桃ちゃんは梅組になります。三月は、まだ桜組。四月になったら梅組」と毎日言い聞かせた。

さらに、カレンダーにも記入し、「あと○日ね」と言っておいた。

保育園の先生にもお願いして、梅組の部屋を見せて四月からはここで過ごす、などよく説明していただいた。

作戦5　前日には園服を見せる〈三歳六か月〉

春休みが終わり、いよいよ明日から保育園という日の夜。私は園服を見せて、「明日から、また保育園があります。桜組はもう終わった。次は、梅組です。先生も成田先生じゃないかもしれん。野川先生じゃないかもしれん。宮田先生じゃないかもしれん。お友だちも新しい、桃ちゃんの知らんお友だちが来るかもしれんよ」と長い時間をかけて説明した。

桃子はやや緊張した顔で、「ハイ」と言っていた。

これでうまくいった。始業式から三日間の記録を読んでいただければ、それがよくわかると思う。

＠平成一八年四月四日の記録　始業式の日　梅組一日目

私「桃ちゃん、今度何組さんになったの？」

桃子「梅組」

私「梅組の先生は一人？　二人？」
桃子「二人」
私「小林先生ともう一人の先生の名前は？」
桃子「成田先生」
私「小林先生って、男？　女？」
桃子「女。小林よしひさです！　いとうまゆです！」
＊小林よしひさ、いとうまゆは、『おかあさんといっしょ』の中にでてくるお兄さん、お姉さん。担任の先生と同じ名前なのがうれしいらしい。

@平成一八年四月五日の記録　梅組二日目

私「桃ちゃん、何組？」
桃子「梅組」
私「梅組の先生の名前は？」
桃子「……」
私「小林先生と成田先生じゃない？」
桃子「小林先生、竹よ！」

＊自分が梅組なのは、納得している。しかし新しい担任、小林先生が前年度竹組を受け持たれていたことを、多少ひきずっているようである。

＠平成一八年四月六日の記録　梅組三日目

私「桃ちゃん、今日保育園どうやった？」
桃子「楽しかった」
私「何して遊んだ？」
桃子「お外。お砂場遊びした」
私「給食は何やった？」
桃子「カレーライス」
私「桃ちゃん、何組？」
桃子「梅組」
私「梅組の先生の名前を教えて」
桃子「小林先生と成田先生」
私「小林先生って、ママよく知らんのじゃけど、どんな先生？」
桃子「（ニタリとして）ムチムチ」

私「ムチムチ？　小林先生、今日何しよっちゃった？」
桃子「（ニヤリ）ムラムラしとった」
＊桃子の答え方にも余裕が感じられ、梅組で好スタートを切ったことがよくわかる。ちなみに「ムチムチ」と「ムラムラ」は覚えたての言葉で、使ってみたかったらしい（小林先生は、スラッとしたたいへん美しい先生である！　念のため！）。

@その後のクラス替えについて

一年たち、また四月が近づいてきた。今度は、竹組（四歳児クラス、年中）になるのである。三月に入ったころから、私と桃子は次のような会話を繰り返した。

私「桃ちゃん、四月になったら、何組になるん？」
桃子「竹組になる」
私「竹組の教室は、どこにあるん？　一階？」
桃子「二階。梅組の右」
私「先生は、誰先生になると思う？」

桃子「えーと、……わかりません」
私「竹組になったら、誰先生がいいの？」
桃子「わかりません」
私「どの先生でもいいね」
桃子「男の先生は、嫌なん」

竹組になるということ、部屋が変わるということ、新担任になるということ、がよく理解できている。進級式前日には保育園に行き、靴を入れる場所がどこに移動しているか確認した。そして四月四日、桃子は意気揚々と保育園に出かけて行った。竹組の黄色いバッヂを欲しがり、パニックになることもなかったようだ。その後、少し気分が乱れ、椅子に座れない状態になることもあったが、先生方のおかげで、なんとか竹組になじんでいった。ただ、疲れが出るのだろう、七時過ぎに眠ってしまう日が一週間くらい続いた。

四月のパニックは、確実に、年々少なくなっている。

コラム

はじめてのおつかい

「私、一人で行けるよ」と桃子が言った。四歳八か月のときのことである。

私が冗談で、「桃ちゃん、一人でおつかい行ける?」と言ったところ、右のように答えたのだ。行かせてはみたいが、本当に大丈夫だろうか。

私は、「桃ちゃん、お買い物に行くんなら、おもちゃのお片づけしてから行かんにゃあいけんよ」と時間のかかる用事を言いつけ、二階にいる夫のところへ走った。

「桃が一人でおつかいに行くって言いよる。すぐ、竹下(おつかいに行く先の商店)に行って。それで今日、店頭で何が売られちょうか、見てから電話ちょうだい」

夫は急いでズボンを履きながら、家を飛び出していった。自宅から竹下商店までは、約二百メートルである。四分後、電話がかかってきた。

「今日は、リンゴ。リンゴなら買える」と夫。竹下商店では、店頭に売られている商品がいつも違う。売っていない商品を指定すると、パニックになってしまう可能性がある。また、桃子の目に入りやすいところ、手が届くところに売られているものでなくては困る。

「よく桃を見ててよ! だけど、絶対見つからんようにしてよ! 隠れて!」と無理な注文をしてから、電話を切った。

桃子に保育園の名札（名前と住所、電話番号が書いてある）をつけ、両手にマジックで「りんごをかう」と書いて、首から財布を下げてやった。

「ええかね。歩いて行くんよ。絶対走ったらいけんよ。それで、竹下についたら、リンゴを買うんよ。はい、お金。おつりをもらってきてね」

こんなにたくさんのことを言って、桃子は理解できたのであろうか。心配だったので、テストしてみた。

「走って行くん？　歩いて行くん？」

「歩いて行く」

「竹下についたら、何を買うん？」

「リンゴ」

「お金払ったら、おつりは？」

「もらう」

よし。大丈夫なようだ。家から送り出したが、心配でたまらない。

「あ！　そうだ。桃ちゃーん！　リンゴを持ってレジに行ったら、おばさんに何て言うん？」桃子の背中に声をかけると、「こんにちは。いや、まだ朝だから、おはようございます」。

うーーん……。本当は、「これ、ください」と言ってほしいけど、まあ、いいか。

それからの十分間は、とても長く感じた。家でじっと待っていられず、道路に出てみると、約束通り、道路の端をゆっくり歩いて帰ってくる、桃子の赤い帽子が目に入った。手に、白い買い物袋を下げていた。

「桃ちゃーん、お帰りー!!」と私が叫ぶと、桃子は顔をあげた。全身に、得意な気持ちが満ちあふれているのがわかった。私は走っていって、桃子を抱きしめた。

「道路を走ったら危ない」と、桃子が言うのがおかしい。桃子は、買い物袋を私に見せた。

真っ赤なリンゴが二つ、入っていた。

コラム

東京国立博物館での出来事

桃子が四歳一か月のとき、東京に行く機会があった。せっかく東京に来たのだからと、東京国立博物館にも行くことにした。夫が博物館大好きだからというのと、上野動物園の近くにあるからというのが、行く主な理由であった。そして、桃子にいろいろなものを見せておきたいという気持ちも少しあった。大人になってから一人で見に来る、ことはできないだろうから。記憶力は抜群の桃子だから、もしかすると連れて行ってもらったことを忘れないかもしれない。

午前中、上野動物園でおおはしゃぎした桃子は、博物館到着時、すでにへとへとになっていた。陽気なパニック、というかハイテンションになってしまい、何度注意しても、シールを与えても、お菓子でつっても、「ベビーカー!? バギー!? 大きい!!! 小さい! 中くらい!!」と言い続けた。自分の声が反響するのがおもしろいらしく、何度も何度も何度も何度も何度も何度も言った。私も夫もキレそうであった。

「すみません。もうちょっと静かにしていただけませんか。静かに鑑賞したい方もいらっしゃいますので」係の人に声をかけられたのは、そんな時である。

「申し訳ありません」と謝って周囲を見回すと、こちらを睨んでいる数人の女性と目があった。頭を下げて、急いで博物館を出た。

もし一歳の妹が泣いたのであったなら、こんなふうに注意されることはなかったのではないだろうか。いつの間にか、「その場にふさわしい行動を取ることを要求される年齢」に、桃子はなっているのであった。こういう体験をこれから何度もしていくのだろう。急に降り出した雨を見ながら、私はぼんやり考えた。

強くならなければいけない、と思った。

コラム

「桃ちゃん、大丈夫、大丈夫よ」

朝から震度七強のパニックがあった。こぼれたお茶に手をつけてピチャピチャ遊び、「おかわりください」とお茶のおかわりを要求するので、拒否したところ、スイッチが入ってしまったらしい。キーキーと奇声を発し、朝食がのった皿をひっくりかえし、椅子を蹴り倒し、コップを投げつける。私と夫が無視して、桃子の挑発に乗らないことが、ますます彼女の心を乱れさせるようであった。

「桃ちゃん、大丈夫、大丈夫よ」

桃子の様子がおかしいのを感じ取ったのであろうか。妹が、桃子に声をかけてきた。桃子の椅子を直し、床に散らかった残飯をタオルでふき（被害が余計に広がったのは言うまでもない……）、桃子の手をひいて、着替え用の洋服が置いてあるところに連れていった。

「これ（桃子の洋服）着、桃ちゃん」と、妹。

怒る気が失せてしまった。

これからも、桃子はパニックを起こし続けるだろう。こだわりもたくさん出てくるだろう。お友だちとトラブルを起こすかもしれない。でも、「桃ちゃん、大丈夫、

「大丈夫よ」

そんな気がしてきた。

途中書き

「あとがき」を書こうと思ったが、やめた。桃子は今日も成長を続けており、まだ人生の「途中」なのだ。だから、いったん筆を置くという意味で、「途中書き」にしておく。

障害者自立支援法が、平成十八年四月に施行された。「障害者及び障害児がその有する能力及び適性に応じ、自立した日常生活又は社会生活を営むことができるために定められた法律」らしい。この法律のおかげで、平成十九年度から、支援センターの児童デイサービスをうけるために、医師の意見書を持って、市役所まで申請に行かなければならなくなった。また、支援センターに行くたびに使用料が七百八十円かかることになった。桃子の療育中、妹を保育園に預けていっている。妹の一時保育サービスが、一回千九百円である。つまり、一回療育にいくたびに、三千円近いお金がかかるということになる。気のせいかもしれないが、今年度になってから、支援センターに来るお友だちの数が減ったように感じる。経済的な理由から、療育の回数を減らさなければならない方もいらっしゃるのではないかと察する。この支援法は、「障がい者や障がい児は、障がいがあるからと甘ったれないで、自分でしっかり自立して生きていってちょうだい。政府に頼らないで」という法律なのだろうか。

この一例からもわかるように、障がいのある子どもの未来は決して明るくない。「障がいのある子どもを生んで本当によかった。私もこの子と一緒に成長していきます！」とおっしゃる保護者の方に何人もお会いしたが、私はそんな精神状態にはまだとてもなれない。「三千万円出せば自閉症を治してあげます」と医者に言われたら、実家の田と山を勝手に売り飛ばしてでも金の工面をするだろう。計算してみたのだが、私が死んだ後、桃子は約四十年間一人で生きていくことになるようだ。政府の支援も期待できず、どうやって生きていくのか。

時々絶望的な気持ちになる私を、いつも支えてくださる方々に厚くお礼申し上げる。特に、社会福祉法人下関みらい小月保育園、下関障害者・障害児支援センター、YS養護学校、山口西駅前病院の各先生方、また特定非営利活動法人下関自閉症・発達障害者支援センター・シンフォニーネット「キラキラ☆キッズ」の仲間たち、そして私の親戚・家族たちには、感謝の気持ちでいっぱいだ！

私や夫と一緒に桃子を育ててくださっている方々を数えてみたら、約五十九人もいらっしゃるということがわかった。高機能自閉症に限ったことではないが、桃子のように支援が必要な子どもを育てる裏ワザとは、一言で言うと「親だけで育てようとがんばらないで、他の人にも頼ること」ではないかという気がしている。

終

（本文に出てくる商品価格は著者の入手時です）

大丈夫《だいじょうぶ》！ すくすくのびたよ自閉《じへい》っ子《こ》

2008年4月26日　第1刷発行

著者：竹島尚子（たけしま・なおこ）

装画・イラスト：小暮満寿雄

ブックデザイン：土屋 光

発行者：浅見淳子

発行所：株式会社 花風社
〒106-0044　東京都港区東麻布3-7-1-2F
Tel：03-6230-2808　Fax：03-6230-2858
Mail：mail@kafusha.com　URL：http://www.kafusha.com

印刷・製本：新灯印刷株式会社

ISBN978-4-907725-72-3

自閉っ子におけるモンダイな想像力

ニキ・リンコ著

「あのさー、それくらいわかるだろー、ふつう」「なんで融通が利かないの?」「揚げ足取りばっかりして!」「とろいねえ」……。(正直言って)自閉っ子にイライラしてしまったことのある皆さん! この本を読めば、自閉っ子の脳の特性が楽しくわかります。そして、自閉っ子に腹が立たなくなります! 花も実もある家庭生活・療育・特別支援教育へのヒントが満載! マンガ多数!

1680円(税込)

ISBN978-4-907725-70-9

〈目次〉

自閉っ子、深読みしなけりゃうまくいく

ニキ・リンコ　仲本博子　著

1575円（税込）

ISBN978-4-907725-67-9

皆さん、「特別支援教育」に何を望みますか？　発達障害の子どもたちはいったい、何に戸惑ってきたのでしょう？　どういう教育をすれば、自閉っ子たちが将来独立できるようになるのでしょう？　ニキさんと一緒に、特別支援教育先進国といわれるアメリカの現状を学び、日本の強みを活かした自閉っ子支援のあり方を探ります。

俺ルール！自閉は急に止まれない

ニキ・リンコ著

「話せば長いんですけど、私たち自閉っ子の振る舞いには、実は大変『浅いワケ』があるのです！」。一見不可思議に見える自閉っ子の振る舞いには、ちゃんと理由があった。自閉っ子の伝道者ニキ・リンコが、幼い頃の思い出話を通して、内側から見た自閉文化をユーモアをまじえて語る。そうだったのか～！　と目からウロコの一冊！

1680円（税込）
ISBN978-4-907725-65-5

〈目次より〉

自閉っ子、こういう風にできてます！

ニキ・リンコ　藤家寛子　著

この本を読む人が増えれば、自閉症に対する理解の輪が広がります！「明るい自閉っ子」である自閉スペクトラムの翻訳家と作家が、抱腹絶倒の対談を通じて、ちょっとふつうと違う身体感覚と世界観を語っています。二人の日常をつづったマンガもついて、笑っているうちに、発達障害の内側が手に取るようにわかる一冊です！

1680円(税込)
ISBN978-4-907725-63-1